DUAS NOVELAS

Bernardo Ajzenberg
DUAS NOVELAS

Rocco

Copyright © 2011 by Bernardo Ajzenberg

Direitos para a língua portuguesa reservados
com exclusividade para o Brasil à
EDITORA ROCCO LTDA.
Av. Presidente Wilson, 231 – 8º andar
20030-021 – Rio de Janeiro – RJ
Tel.: (21) 3525-2000 – Fax: (21) 3525-2001
rocco@rocco.com.br
www.rocco.com.br

Printed in Brazil/Impresso no Brasil

CIP-Brasil. Catalogação na fonte.
Sindicato Nacional dos Editores de Livros, RJ.

A263d	Ajzenberg, Bernardo, 1959- Duas novelas / Bernardo Ajzenberg. – Rio de Janeiro: Rocco, 2011. 14x21cm
	ISBN 978-85-6325-2668-7
11-2771	CDD-869.93 CDU-821.134.3(81)-3

Inventário de deformações

– Manuel da Costa Pinto

A feliz decisão editorial de reunir, num único volume, os romances *Efeito suspensório* (1993) e *Goldstein & Camargo* (1994) acaba reproduzindo, na estrutura do livro, um movimento que atravessa a obra de Bernardo Ajzenberg: a passagem de uma perspectiva interior que, sem psicologismos ou fluxos desordenados de consciência, coloca as personagens às voltas com suas distorções da realidade, para uma perspectiva mais exterior, na qual a narrativa incorpora formalmente, pela contiguidade de relatos dissonantes, um confronto exasperante de versões sobre os mesmos fatos.

Após seu livro de estreia, *Carreiras cortadas* (1989), que já trazia tais elementos de forma embrionária (pois ainda presa a certas convenções do gênero policial), Ajzenberg desenvolveu outro tipo de investigação. Tanto Líbero Serra, o protagonista de *Efeito suspensório*, quanto Paulo Viena Camargo, o narrador de *Goldstein & Camargo*, estão envolvidos naquilo que o primeiro descreve como "trajeto de esvaecimento, os passos que fizeram pó da minha inteireza" – e que também vale para o segundo.

Entre as duas ficções, um traço comum que será reincidente em obras posteriores (*Variações Goldman*, *A Gaiola de Faraday* e o recente *Olhos secos*): personagens urbanos pertencentes ao estrato social de classe média, com preocupações de ordem intelectual que sempre esbarram em empecilhos de ordem prática, aflições subjetivas que se confundem com relações afetivas e do mundo do trabalho – em tramas cujo anticlímax reproduz, no plano da narrativa, o alcance limitado e decepcionante de suas ambições.

Ou seja, não encontramos na prosa de Ajzenberg nem heróis problemáticos ostentando uma dissensão aristocrática em relação ao mundo ordinário, nem anti-heróis alienados, mártires dos processos históricos, conforme uma tipologia que corresponde ao romance burguês (os arrivistas de Stendhal e Balzac, os jovens inquietos do *Bildungsroman* de Goethe, os heróis metafísicos de Dostoiévski, os "homens inúteis" de Tolstói e Machado de Assis) e às modulações da narrativa moderna (que incluem desde os seres ensimesmados de Joyce e Clarice Lispector, até o lumpesinato existencial de personagens como Macabea, da própria Clarice, e o Fabiano de *Vidas secas*, de Graciliano Ramos, os sertanejos míticos de Guimarães Rosa, os desvalidos de Dionélio Machado ou os malandros e meganhas de João Antonio e Rubem Fonseca).

Bernardo Ajzenberg recusa a excepcionalidade do herói ou do anti-herói, e por isso nos apresenta uma escrita aparentemente neutra, habitada por homens comuns, que evita os virtuosismos da forma e da linguagem – mas que não é, em absoluto, desprovida das virtudes da grande literatura. A força de sua narrativa consiste, justamente, em produzir uma ilusão de normalidade, criar uma empatia de classe e espírito com o leitor médio, para então inocular, nesse universo sem sobressaltos, algumas fantasias e obsessões que acabam pervertendo a própria ideia da normalidade.

Em *Efeito suspensório*, ainda temos resquícios do herói que deseja sair dos gonzos, que aproveita os acasos e infortúnios da vida cotidiana para se lançar numa aventura autodestrutiva e exemplar. Líbero Serra é um economista frustrado com pretensões artísticas, que alterna o anonimato tecnocrático das baias de seu escritório com a vida paralela de dramaturgo. Casado com uma atriz igualmente frustrada e sempre à beira de um ataque de nervos, conhece Jonas Eleutério, um sedutor *restaurateur* e empresário, embarcando no projeto de um bar-teatro que poderá finalmente libertá-lo.

O enredo de base parece reproduzir, no gélido âmbito corporativo de nossos dias, a fuga arquetípica do artista antiburguês. O Serra narrador, porém, jamais nos apresenta às efusões criativas do Serra dramaturgo. O que temos, antes, são seus subterfúgios e devaneios, o "mecanismo alucinatório" que faz com que, a cada situação, ele se descole da realidade, viva desdobramentos imaginários, antecipe ações que possam mitigar sua inação essencial.

Viciado em jogo no passado, viciosamente inepto no presente, Serra vive imerso em cavilações paralisantes: "Sempre tive mais medo de algo que surgia e ressurgia prestes a explodir dentro de mim, isso me parecia real; medo disso, mais que de qualquer ameaça vinda de fora."

Suas únicas situações de ruptura (e, portanto, de ação efetiva) ocorrem quando ouve de uma colega de escritório, com quem tivera um caso, a frase "some da minha vida" – que, dois capítulos adiante, ele repete para um antigo amigo de infância, também do trabalho, no qual detecta uma atitude hierárquica que cancela as memórias de um passado em comum. De resto, Serra vive numa absoluta passividade, da qual espera sair pela ação de um empreendedor que se aproveita, em conluio suspeito com sua mulher, de seu pendor pelo risco do jogo.

O protagonista de *Efeito suspensório* está enredado em relações que expõem suas fraquezas privadas, que são também nossos vícios públicos. Apaixonou-se por uma atriz que espetaculariza o primeiro encontro amoroso entre ambos numa cena humilhante; estabeleceu laços de amizade com uma figura misteriosa cuja teatralidade, porém, redunda num abjeto e traiçoeiro calculismo.

Ambos duplicam seus desejos assassinos, mas Líbero Serra é um homicida fracassado, um Raskolnikov *manqué*: surra um diretor de teatro que testemunhou sua cena de amor com a atriz e falha na hora de se vingar de Jonas, o empresário que frustra sua vida suspensória. Atinge a morte que não quis (e que realiza seus impulsos recalcados), mas não consuma seu plano de vingança – e tudo retorna a uma normalidade envenenada, à "angústia que já se infiltra em nossas pequenas vísceras, instalando-se para sempre, na forma de um de seus infinitos disfarces".

Em *Goldstein & Camargo*, a válvula de escape representada pela arte não desaparece completamente, mas sai do horizonte do narrador, para redundar numa narrativa que contempla com desconfiança e ironia os arroubos retóricos – e que, ao final, se converte numa meditação ficcional sobre a ficcionalidade intrínseca de nossas representações.

Ajzenberg cria uma contradição que será fundamental para o relato: Paulo Viena Camargo é um advogado satisfeito consigo mesmo e, portanto, sem aquele vazio ou sentimento de inadequação que está na origem da literatura. Tais impulsos de extravio em relação à linguagem e às vivências ordinárias pertencem a seu sócio, Márcio Goldstein. No entanto, é

Camargo quem narra um livro que, desde o título (tirado do nome do escritório de advocacia de Paulo e Márcio, com o "&" comercial reforçando a fórmula burocrática), remete à dissonância e ao jogo de duplos: "a contragosto ou não, objetivamente quem está a escrever aqui agora sou eu, e Goldstein – o verdadeiro escriba de nosso escritório – jamais conseguiu completar algo que na sua opinião fosse publicável", diz Camargo.

A pacata rotina do escritório Goldstein & Camargo é abalada quando um amigo de infância de Márcio, Luca Pasquali, surge trazendo um episódio de loucura e assassinato. Mais do que um novo caso jurídico, o entrecho desvela a identidade subterrânea de Goldstein, consubstanciada nos arquivos pessoais em que ele rememora as "redes emaranhadas" de sua infância, de sua descoberta do Mal.

O retorno de Pasquali transtorna Goldstein, e o súbito desaparecimento deste transtorna Camargo, transformando as investigações criminológicas num inquérito sobre a natureza oculta daquilo que lhe parecia mais próximo e familiar. O terceiro capítulo do livro, em que Camargo transcreve as anotações de Goldstein, é um verdadeiro *tour de force* estilístico, um romance dentro do romance, criando frases transcontinentais que, à maneira de Proust, encerram diversas camadas de tempo e reflexão, além de introduzir uma retórica violenta nas descrições pouco enfáticas do narrador.

Mais que a notável capacidade de Bernardo Ajzenberg de criar vozes distintas, porém, o que se insinua aí é uma estratégia mais ampla da ficção do autor. Quando Camargo cede a voz narrativa ao relato íntimo no qual Goldstein se dirige a Pasquali, o romance parece suspender o registro ficcional em nome de um testemunho supostamente mais apto a expressar traumas de infância – que, no caso de Goldstein, também recapitulam os traumas da condição judaica (e, de quebra, assinalam o lugar do próprio escritor, mais próximo de questões cosmopolitas e desenraizadas que das raízes da prosa brasileira). Na sequência do livro, porém, outras personagens darão testemunhos que desmentem o testemunho de Goldstein, num *mis en abîme* em que as reconstruções do passado equivalem a distorções. Num dos raros momentos metalinguísticos desse livro que nada tem de experimental, e que por isso "naturaliza" os labirintos da representação, Camargo encontra um artista plástico que explica o caráter hermético da estética moderna como expressão das "deformações introduzidas nos objetos ou nas pessoas pelas nossas próprias mentes". Vazado em linguagem transparente, o romance de Bernardo Ajzenberg, enfim, é um inventário de nossa opacidade essencial, dos disfarces e das deformações com as quais lidamos cotidianamente – dentro e fora da literatura.

GOLDSTEIN
&
CAMARGO

1

Ele me ligou de novo, possesso, para saber se eu tinha mesmo batido o telefone na cara dele e eu disse que não, que simplesmente desligara porque a conversa tinha se encerrado. Eu não podia dizer, pelo menos não consegui dizer para ele naquela hora que na verdade tinha mesmo batido o telefone na cara dele, de raiva, de ódio, de esgotamento.

Naquela época, do alto dos meus trinta e poucos anos, eu me inventariava satisfeito, a saúde em dia, e era inadmissível que alguma coisa ruim pudesse me abalar. Tinha um escritório de advocacia caminhando razoavelmente; estava a ponto de obter a escritura definitiva de um imóvel adquirido com enorme dificuldade; e mais, símbolo supremo de conforto e estabilidade, mantinha sessões regulares de massagem com uma profissional.

Mas então aconteceu, e aquele desencontro ao telefone era apenas uma parte ínfima de tudo, de repente esse lúdico e harmonioso quadro, que eu levara muito tempo para fixar em equilíbrio na parede da minha vida mediana e despretensiosa, esse quadro modesto mas valoroso parecia que já começava a desabar ali.

Se a vida de um advogado, ao contrário do que aparece em muitos filmes, principalmente os produzidos em Hollywood, tem poucos momentos de verdadeira euforia (na maior parte do tempo, e vai aí uma confissão, estamos nos enganando uns aos outros e cada um a si próprio com ridículas pastinhas de documentos debaixo dos braços, espalhados às dezenas por corredores de decoração duvidosa, cochichando empapados de suor algum estratagema num jogo viciado, as gravatas sem nenhuma graça e os ternos apertados, achando-nos acima do que realmente somos ao driblar normas mais ou menos evidentes e feitas exatamente para serem dribladas – tudo isso ainda quando, longe de sermos elegantes figurões, advogados e advogadas, nos vemos diluídos em massa, na realidade obrigados a enfrentar horas de fila em alguma repartição), como dizia, se a mesquinhez e a monotonia são portanto as únicas regras respeitadas entre nós, meros representantes do gênero *homo forensis*, no caso aqui em pauta a modorra, devo dizer, infelizmente, foi rompida. A começar pelo fato de que meu ex-sócio e minha ex-massagista tinham, e têm, entre si, uma ligação próxima demais, que jamais poderia imaginar antes de aquilo tudo acontecer. E principalmente porque entre eles – sendo eu mero coadjuvante – houve, e há, um Luca e um Juan.

2

Márcio Goldstein formou-se em Direito ao mesmo tempo que eu. Estudamos em escolas diferentes e fomos apresentados um ao outro por Duílio Refahi, professor de Criminologia e Direito Penal que lecionava nas duas faculdades. Pequeno homem de barba rala, apenas um pouco mais pesado que o próprio esqueleto, dez graus de miopia, a voz aguda como de criança – assim era Refahi, espécie rara de mestre e conselheiro, sempre de calça jeans muito maior do que o corpo franzino exigia. Partiu dele o impulso para nos juntarmos profissionalmente – Goldstein e eu, dois ilustres bacharéis, verdes, recém-formados –, e daí nasceu o nosso escritório, seis anos antes de tudo acontecer. Afirmo com tranquilidade: durante aquele período, contando com o apoio e a consultoria de Refahi, sempre nos demos bem e ganhamos o suficiente para melhorar nossos padrões de vida, sem necessidade de auxílio das respectivas famílias.

Sei que todo homem e toda mulher – talvez mais estas do que aqueles –, enfim, com certeza todo ser humano, e aí a coisa fica mais fácil, acumula ao longo dos anos, dentro de si, uma coleção de segredos, nutrindo-a vida afora em sua solidão, como se alimentasse animais aos quais recorrerá, às vezes involuntariamente, contra qualquer ataque, seja este real ou imaginário. Se tenho medo, se tenho dúvidas paralisantes, refugio-me logo no meu pequeno mistério, aquele que ninguém conhece nem conhecerá – e ele com certeza me dará algum alento. Não importa se o alívio dura muito ou pouco. Minha sobrevivência, a sobrevivência de qualquer pessoa, disso estou convencido, seria impossível sem esses suportes secretos acumulados como frases que alguém anotasse num diário invisível. Mas um curto-circuito ocorre quando, apoderando-se dos nossos corpos, essa rede de pequenos e disponíveis *bunkers* se torna grande demais, quando perdemos o controle sobre os nossos próprios sigilos e eles, de tão numerosos, passam a nos guiar. Aí, acredito, o senso da realidade nos escapa, transformamo-nos num imenso e único segredo, para os outros e para nós mesmos, e tudo pode acontecer.

    Goldstein e eu desenvolvemos naturalmente grandes afinidades no decorrer dos anos, imprescindíveis ao julgamento dos problemas que chegavam a nós no escritório. Considero termos atingido uma invejável integração, uma homogeneidade próxima da perfeição no tocante a diagnósticos e estratégias, simples ou complexos, caso após caso. No entanto, se os mistérios, grandes ou pequenos, intensos ou ridículos, pouco importa, se esses segredos dos homens e das mulheres pudessem ser agrupados e depois estendidos no espaço – como vastos lençóis ou vastas redes –, os de Goldstein ocupariam com certeza uma área muito maior do que os meus.

    Havia entre mim e ele uma outra diferença, sem dúvida mais palpável do que a anterior: Goldstein nunca estava satisfeito com coisa alguma. E isso poderia não ter tido, mas teve, grande importância. Não se tratava de uma simples mania de perfeição. Na verdade, ele sempre quis ser o que não era, fundamentalmente um "homem de letras" – não se conformava com não sê-lo, enquanto eu, felizmente, sempre me contentei com a advocacia. Não sei ao certo se sua ambição era ser um intelectual acadêmico, jornalista, ensaísta, poeta, romancista, contista, novelista, cronista ou outra variante qualquer, mas com certeza essa vontade existia, era cravada no seu rosto e se explicitava, por exemplo, quando tínhamos de redigir pareceres: a "pena de escrever", como ele gostava de dizer, era sempre dele, sem discussões; já a "pena penal", esta sim, admitia Goldstein jocosamente, esta podia ser minha. Esse tipo de trabalho – redação ou revisão de pareceres e relatórios – dava-lhe um prazer especial, eu sentia haver ali como que a compensação de um anseio não realizado. Já para mim, nas raras vezes em que tive de escrever documentos desse tipo aconteceu de maneira forçada e burocrática, sem deleite, sem preocupação de fluência ou tino estilístico. Essa disparidade, não posso deixar de observar aqui, se não nos atrapalhava em nada – ao contrário, ajudava mesmo, e muito, na divisão de tarefas –, avança agora por um caminho irônico: a contragosto ou não, objetivamente quem está a escrever aqui agora sou eu, e Goldstein – o verdadeiro escriba de nosso escritório – jamais conseguiu completar algo que na sua opinião fosse publicável.

As diferenças tendiam a crescer também porque, apesar da mútua confiança como sócios, nossa intimidade foi sempre muito reduzida, e isso, em certos aspectos – talvez contraditoriamente –, chegava a estorvar o nosso relacionamento profissional. Tínhamos concepções divergentes sobre vestimenta, por exemplo. Goldstein se vestia todos os dias como se pudesse a qualquer momento receber um convite para uma festa de casamento entre aristocratas. Era impecável: ternos sempre bem passados, gravatas variadas (tinha pelo menos umas trinta delas, sem exagero, a maioria de seda pura), assim como os sapatos, engraxados com regularidade, dentro de um esquema de revezamento calculado matematicamente. Os cabelos bastante curtos e moldados com gel, a testa perfumada, Goldstein nunca aparecia no escritório com a barba por fazer. E não era um rosto de barbear qualquer, eu me espantei no início com isso: usava um pincel importado, com pelos de texugo, e tinha os modelos de cremes mais recentes do mercado. Para o orgulho, dia a dia renovado, da nossa secretária, Sandra, e o espanto paternal do mestre Refahi, ele carregava sempre uma caneta-tinteiro Montblanc no bolso da camisa, preta com frisos dourados, grossa como um bastão, a bem dizer uma caneta inacreditavelmente incômoda e barulhenta na hora de escrever. Era um corpo bem formado o de Goldstein, perto de um metro e oitenta de altura, sempre gesticulando com grandiosidade, empostando a voz até para falar com o office boy. Ao final de qualquer explanação, fosse ou não importante, fosse longa ou curta, exclamava o seu "dixi!", quer dizer, "tenho dito!", sempre de forma autoritária, exibicionista e irritante. Muitas vezes, Goldstein parecia simplesmente um sofisticado homem histérico, a tal ponto se espalhava, em qualquer ambiente.

Esse hábito – talvez fosse mais adequado dizer esse complexo de manequim – pode, é certo, trazer vantagens pessoais: há sempre alguém, homem ou mulher, disposto a se ajoelhar, mentalmente que seja, diante de uma figura tão elaborada; havia sempre algum ser masoquista necessitando confrontar suas próprias debilidades com a aparência de força proporcionada a Goldstein por aquelas vestimentas e aquele asseio. Apesar disso, na minha opinião, e falando profissionalmente, esse hábito também transmitia a alguns clientes um quê de artificialidade capaz de afastá-los de nós. São os pequenos e surpreendentes pontos sensíveis, encontrados em todo mundo, e que, querendo-se ou não, chegam a governar as ações da maioria. Não sei por quais razões – devo esse aprendizado à convivência com Goldstein –, há quem goste de se ajoelhar pelo menos uma vez por dia, e, se não encontra igreja ou altar por perto, apela a qualquer espécime de postura avantajada, qualquer personalidade mais atraente enfim, para servir-lhe de ícone, seja o chefe imediato, o patrão, o pai ou o irmão mais velho; mas há de se considerar também que muitas outras pessoas, ao contrário, sentem-se agredidas diante de tanta pompa, o servilismo travestido de luxo enojando-as ao limite, e podem reagir pela negativa. Pior: há ainda os terceiros, mais desconfiados, temerosos diante do "modelito" excessivamente higiênico, e que, por essa razão, cedo ou tarde simplesmente desaparecem, pressentindo, experiência às costas, algum ardil escondido por trás daquela espécie de biombo asséptico. O risco – limito-me agora a falar de negócios – era portanto muito grande. E no entanto, apesar de tudo – e a isso me referia ao mencionar a falta de intimidade entre nós –, jamais comentei com Goldstein algo a respeito de vestimentas, por não achar abertura para tanto naqueles anos todos durante os quais trabalhamos juntos.

Obviamente, sabia desde o começo algumas pequenas coisas sobre ele: que Goldstein tinha duas filhas, uma de seis e a outra de nove anos naquela época; que sua mulher se chamava Rebeca; e que ele gostava muito de jogar futebol de salão, atividade pela qual, aliás, não consigo sentir nenhuma atração. De resto, fomos raramente um à casa do outro. Fica claro, portanto: até então, eu conhecia um quase nada da vida de Márcio fora do escritório – e se ele da minha conheceu menos ainda, temo ser obrigado agora a afirmar, com frieza: talvez tenha sido melhor assim.

Teimosa e impertinente persistência, a mania milenar que muitos têm de escrever diários ou cadernos na intimidade. Maneira de se resguardar, que seja! Recurso para dialogar consigo mesmo, vá lá! Mas não é tão radical quanto infalível o mecanismo deformador em ação nos segundos vividos entre o que se pensa e o ato de transportá-lo para o papel? Qual verdade, aquém da interpretação, se pode encontrar nesses milhões de linhas, redigidas sob efeito de um humor momentâneo em quartos desarrumados, por vezes malcheirosos, ou sobre mesas de bar cheias de gordura, tão ou mais desarrumadas que os próprios quartos?

Não posso deixar de ver nisso, na verdade, uma espécie de perdição, um exibicionismo mal disfarçado, uma vontade de ver o conteúdo desses cadernos localizado por outros para que esses, encontrando ali os sofrimentos e a eventual banalidade de quem neles redigiu, busquem fazer com que este se sinta mais protegido. Escreve-se, enfim, porque se tem muita carência, essa é a verdade. E a julgar-se pela quantidade de diários íntimos espalhados pelo mundo – crescente na mesma proporção em que diminui o número de vozes nos confessionários –, a carência é infinita... tão infinita que, também com Goldstein aprendi a concluir assim, para expor-se, acabará por invadir – e isso já começou – as próprias novas tecnologias.

Goldstein costumava registrar em seu computador, quase todo dia, os fatos novos, a evolução dos casos que estavam sob a sua responsabilidade. A cada cliente correspondia um arquivo específico no seu PC e nos disquetes de *backup* que mantinha organizados numa pequena caixa, como uma minibiblioteca. Pois o prelúdio dos acontecimentos que levaram à pane pessoal mencionada no início deste relato me obrigou a mexer justamente na mesa e na papelada de Goldstein naqueles dias, quando então encontrei um disquete, o de data mais recente na ocasião – cuja cópia ousei fazer na mesma hora e guardo agora comigo para qualquer dúvida ou eventual questionamento no terreno jurídico –, em que ele, num estilo de quem almeja mais do que apenas fixar palavras numa memória eletrônica, salvara o episódio na minha apreciação originário de tudo. E quantos daqueles mistérios e segredos, de homens e de mulheres, não buscaram um refúgio no teclado *high-tech* do meu ex-sócio! Quanta carência! Quanta vontade enrustida de ser lido e afagado!

Nas primeiras linhas desse arquivo, chamado simplesmente "Pasquali", li "Minha irmã mais nova, Miriam Goldstein, já quebrou cinco vezes a mesma perna, em apenas dez anos. Seria uma façanha sem maior importância – daria no máximo uma história entediante, quem sabe um verbete nos livros de recordes ou curiosidades –, não fosse o fato de que, da última vez, ao contrário das demais, fui visitá-la no hospital. Por isso, e para que as coisas tenham sentido neste arquivo, é importante carimbar logo no começo a seguinte questão: se sou filho de um respeitado anestesista paulistano e me habituei desde os primeiros anos de vida a frequentar corredores de consultórios, enfermarias de hospitais e saguões de pronto-socorros; se luvas de borracha, seringas, máscaras azuis ou verdes, bisturis e estetoscópios me eram familiares a ponto de ter colecionado esses materiais quando criança, tão familiares, aliás, quanto o cheiro etílico do mercurocromo ou do mertiolate, do clorofórmio e do álcool; se pessoas de branco e carrancas higiênicas eram imagens sempre frequentes aos meus olhos, como o era o gemido agudo de suas solas de sapatos brancos em longas passarelas de borracha; se tudo isso é verdade – e é –, então por que passei tão mal, a ponto de quase vomitar, durante a visita à minha irmã, quando a enfermeira retirou o curativo do seu braço direito?

"Era uma ferida com pouco mais de três centímetros de comprimento por dois de largura, sem grande profundidade; estava escurecida, fibrosa, e já perdera o seu aspecto mais fétido.

A enfermeira fez apenas a higiene habitual, o algodão emborcado na água boricada, a pomada cicatrizante e o álcool, para depois instalar um novo curativo, com o cheiro forte e saudável do esparadrapo. Toda essa operação não durou mais de um minuto e, além disso, o braço de Miriam era bem torneado, tinha pele de marfim naquela parte interna. Mesmo a sua disposição era das melhores, não só porque eu estava ali fazendo-lhe uma visita pela primeira vez, mas também por ser uma pessoa de recuperação fácil e habituada àquele ritual. Portanto, no meu caso, o mal-estar que senti jamais poderia ser considerado normal.

"Se existe alguma explicação para ele, só posso buscá-la fora daquele quarto de hospital, me parece, fora até mesmo da pessoa de Miriam. E o que mais se aproxima disso é o fato de, um dia antes de visitá-la – ou seja, apenas uma semana atrás, numa tarde fria de julho de 1992 –, ter reencontrado Luca Pasquali, mais de quinze anos depois. E ele me colocou, sem querer, numa encruzilhada."

O encontro com Pasquali, relatado por Goldstein, ocorreu por acaso. Ele (Luca) aguardava o elevador perto de uma cafeteria no shopping center Iguatemi. Goldstein tomava café apoiado no balcão, como em todas as manhãs, e demorou para acreditar que aquele homem era Luca, que portanto aquele encontro fosse mesmo real, em pleno shopping. Chamou-o com relutância e depois fez questão de pagar-lhe alguma coisa – e o fez com o mesmo propósito de alguém que, tal qual na velha história, belisca o próprio braço para ver se não está sonhando.

Nossa geração, a minha e de Goldstein, de Pasquali também, não é ainda a "geração shopping center", vinda em seguida, mas é a que viu os shoppings de São Paulo serem construídos e inaugurados, expandidos e reformados com suntuosidade nos últimos vinte ou vinte e cinco anos. Goldstein me contara várias vezes da sua emoção quando, ainda garoto, assistiu a um show do Roberto Carlos para a inauguração do próprio shopping Iguatemi, e ainda do cheiro gostoso e forte do adesivo de plástico, daqueles de se colar no vidro com saliva, plástico azul e branco, com o símbolo do shopping, distribuído fartamente na ocasião. Fazia parte dele uma espécie de orgulho – pode parecer imbecilidade, mas Goldstein sentia assim – de ter visto as diversas fases de expansão desse shopping antes de ele virar a praça pública de hoje, o *footing* menos inseguro para os adolescentes, esse espaço versátil, civilizado e colorido, penso assim, para adultos descarregarem o seu inevitável tédio, penso mesmo assim, um meio de comércio privilegiado. Por essa razão, para Márcio, foi com certeza ainda mais significativo ter reencontrado Luca Pasquali justamente ali.

Goldstein conta em seu arquivo: apoiados os dois no balcão, observou Luca em detalhes, passados na realidade quase vinte anos, percebendo-o ainda um pouco mais alto do que ele, o rosto sem barba, as mesmas marcas da infância, aqueles buraquinhos de espinhas mal encerradas ou de varíola, ele não sabia, o cabelo preto, curto mas denso, a musculatura bem formada, dessa vez sob um suéter de lã azul-clara. Começaram a conversar sobre qualquer coisa, e logo depois, mais claramente, foi sobre Luca que a conversa se definiu.

O movimento era intenso em volta do balcão da cafeteria. Comerciantes e funcionários chegavam para abrir as lojas do shopping e queriam se aquecer antes com café, pães e leite, imagino. Mas, acima de tudo, o que chamava mais a atenção no relato de Goldstein, o que importava ali eram as entrelinhas da conversação: os dois amigos de infância se falando, mesmo de frente um para o outro, a menos de quarenta centímetros, e com certeza aquele encontro foi mesmo real, ainda assim, o tempo passando, Goldstein procurava cada vez mais em vão, naquela figura tímida apesar de grande, e medrosa, lhe parecia, apesar de forte, o "seu" Luca Pasquali.

Goldstein escreveu "Pense bem, Luca, se é que você poderá ler algum dia o que for registrado aqui: chegamos quase no ano 2000, Luca, por incrível que pareça, o ano 2000 está aí, na nossa cara. Eu talvez já devesse ter esquecido tudo, ou então deveria ter deixado tudo apenas na nossa memória, alegremente, mas não, naquele dia, mastigando o meu biscoito de manteiga no balcão de mármore, eu insisti em buscar você por trás do copo de plástico que encobria o seu rosto. A Miriam ainda iria quebrar a perna pela quinta vez. Nem eu nem você imaginávamos que isso fosse acontecer no dia seguinte, e eu dizia – com muita clareza, para o meu próprio espanto – 'te procuro há anos, Luca'. Você não sabe, mas há anos você desapareceu, sumiu aos poucos da minha volta, sem que eu notasse esse movimento. Você não vai entender nada agora, mas quero te dizer que procuro também um sujeito chamado Juan, há muitos anos, sabia, Luca? Você precisa conhecê-lo! Procuro vocês dois em silêncio. Vocês dois, bela coincidência!, foram batizados, com nomes do Novo Testamento, e eu nada tenho a ver com isso, não é verdade? Aliás, vocês não têm nada a ver com isso também...

"Você está com um olhar de vira-lata por trás desse copo de plástico, Luca: por que não larga esta pasta preta de couro no chão enquanto conversamos? O que é esse sorriso lerdo, Luca? Você não usa mais relógio? Você está falando tão devagar...
O fato é que, se a semelhança física era total – claro, era o mesmo corpo que eu conhecera antes –, não consegui sentir o mesmo, nos momentos seguintes, em relação aos seus gestos, ao movimento desse seu envelhecido corpo, aos seus olhos que

não paravam de se mexer, e ao seu sorriso, Luca, um sorriso tremido, que saía dos seus lábios com tanta dificuldade."

Pasquali deixou Goldstein pagar-lhe um *croissant*, além da água, e contou que estava desempregado, trocara de emprego quatro vezes em apenas dois anos, trazia na pasta de napa alguns documentos que ameaçou pegar, mas Goldstein, com um olhar de incredulidade, disse que ele não precisava lhe mostrar aquilo para provar nada, "O que é isso? Você nunca precisou me provar nada, Luca. Pode olhar para mim! Você não foi sempre o máximo?".

A "Goldstein & Camargo", nosso escritório de advocacia, ficava ao lado do Iguatemi, no décimo andar de um edifício novo, nem cem metros de caminhada pela avenida Brigadeiro Faria Lima. Era um conjunto com duas salas, uma para meu sócio, outra para mim, e uma recepção ocupada quase toda pela mesa de Sandra, secretária indicada pelo professor Duílio Refahi que nos assistiu desde o início e que, de total confiança, conhecia inclusive o segredo do nosso cofre – não só de confiança, devo dizer, mas também cordialmente formal: ela insistia em nos chamar pelos nomes completos quando em presença de algum cliente, por exemplo; éramos então os doutores Márcio Goldstein e Paulo Viena Camargo, com toda essa clareza, nenhuma sílaba a mais ou a menos. Tudo no escritório foi decorado com cuidado: móveis de mogno, poltronas e um sofá de couro marrom, as paredes forradas também com folhas de madeira, carpetes cor de amêndoa e quadros de paisagens com molduras douradas, comprados de ocasião numa galeria na avenida Paulista. Havia ali uma elegância sóbria que me agradava e que, unida ao comportamento refinado de Sandra, dava ao nosso *bureau* uma estratégica aparência de maturidade. Foi para lá que Goldstein se propôs a levar o amigo depois de acabarem o seu pequeno lanche.

Pasquali subiu uma rampa do shopping com dificuldade, na calçada caminhava a passos curtos, como se sofresse de gota ou de alguma distensão muscular. Ao entrarem no hall do edifício, hesitou, precisava passar na farmácia, assim falou para Márcio. Goldstein apontou uma ali perto, ao lado do prédio, e disse que de qualquer maneira podiam encomendar o necessário pelo telefone de lá de cima, no escritório. Pasquali recusou, não seria preciso, ele disse, não queria incomodar ninguém, e então Goldstein, ele mesmo relata, se dispôs a acompanhá-lo de imediato até a farmácia; mais uma vez, porém, logo Pasquali desistiu, "deixa, depois eu faço isso".

Na sala de Goldstein, era evidente, Pasquali se sentiu intimidado – e o escritório nem era tão grandioso assim! Ficou o tempo todo em pé diante de uma janela, olhando a paisagem da zona sul da cidade. "Daqui dá pra ver o Jockey Club, não é aquilo?" Goldstein confirmou, "sim, ali é o Jockey, mais à esquerda é o clube Pinheiros, você vê?", e tentou aproveitar que o amigo falara em esporte para iniciar uma conversa sobre recordações, quem sabe os jogos de futebol vivenciados em conjunto, por exemplo. Mas isso foi impossível. Aquele Pasquali, parado ali, com a testa apoiada no vidro da janela, apenas assustava Goldstein. Não era só uma pessoa deteriorada; mais que isso, era uma pessoa oposta à do adorado garoto goleador e palmeirense da sua infância.

Meu ex-sócio encerra a descrição do encontro por aqui. Posso dizer que conta a verdade, em particular sobre a situação criada na sua sala dentro do escritório. Acompanhei a cena porque ele, como sempre, deixara a porta aberta. De fato intrigante a figura daquele Pasquali. Seu suéter, de pura lã azul-clara, era um daqueles feitos em casa com agulhas de plástico por alguma tia ou pela mãe, às pressas, daqueles agasalhos sempre desajustados no corpo de um homem grande, com buraquinhos aparecendo assimetricamente aqui e ali. O cabelo, apesar de curto, estava sem ser penteado há dias, isso era evidente. Sandra me disse, mais tarde, que na chegada ele sequer havia retribuído o seu "bom-dia". O encontro entre os dois durou no máximo quinze minutos. Pasquali deixou o escritório calmamente, mas sem dizer nada a ninguém. Minutos depois, Goldstein saiu de sua sala também, o passo apressado e uma expressão, nele incomum, de preocupação no rosto, dizendo a Sandra que não voltaria mais naquela tarde, ela que anotasse os recados, qualquer emergência o *pager* estaria ligado na cintura. Passou em seguida na minha porta como um golpe de vento e disse apenas "tchau, Camargo, até amanhã".

Goldstein ficou paralisado vários minutos na frente da sua própria ex-casa, os mesmos paralelepípedos ainda ali, como fósseis eternizando as suas pegadas de menino. Lágrimas querendo pular para fora dos olhos, conforme ele mesmo descreve, observou a fachada agora com manchas de umidade e pontos escuros – sujeira? poluição? – no cimento entre as pedras. Aquilo tudo – as paredes mesmo assim ainda brilhantes de pedra branca e as janelas com mais de três metros, o piso de pedra mineira da entrada ao lado do pequeno jardim, a grande porta de jacarandá e o portão de ferro principal pintado de preto, a varanda do seu quarto, de onde costumava espiar horas seguidas a chuva e o pequeno rio que as águas caídas formavam no declive mais abaixo – aquilo tudo, antes o cenário de uma felicidade singela à qual ele gostaria de retornar, sem sucesso, como a tantas outras pequenas felicidades, aquilo tudo adquiria agora, para ele, a forma de um timbre musical, uma presença portanto real mas impalpável, quase divina.

Depois de enxugar o rosto com um lenço e respirar fundo várias vezes, deu as costas àquele cenário, atravessou a rua de paralelepípedos e tocou a campainha do sobrado em frente. Os olhos ainda avermelhados, Goldstein observou para si: antes, muitos anos antes, não havia muro algum nessa casa, apenas uma grade preta separando o jardim e a calçada. Nesse momento, depois de interrogar o visitante pelo porteiro eletrônico, quem lhe abriu a porta foi a própria irmã de Luca, Rosângela Pasquali. Meu ex-sócio teve de se apresentar novamente; era incrível, mas ela não o reconhecera.

Dentro da casa, Márcio ficou espantado outra vez – é o que ele afirma no arquivo "Pasquali" –, quase tonto, com o fato de que, passados mais de quinze anos, nada havia mudado na mobília daquela residência de classe média. Estava lá a mesa coberta de fórmica branca em que ele, Pasquali e os outros meninos da rua disputavam campeonatos de futebol de botão, a mesma mesa que nos aniversários se revestia de doces e bolos, guardanapos e copos de papel colorido, ela estava lá, igualzinha, enorme, descreve Goldstein; também o tapete preto e vermelho, território vasto de inúmeras batalhas e complicadas cidadezinhas de plástico e madeira, com suas ruazinhas tortuosas, sujeitas sempre a ventos, trovoadas, tempestades de neve até, ruelas repletas de carrinhos de chumbo de variados tamanhos; e os quadros de gravuras tiradas de livros ou revistas, pendurados sem coerência alguma, quadros inofensivos e frios, pregados apenas para não se deixarem nuas as paredes da casa. Tudo estava lá, como antes.

Sem contar o cheiro, aquele de uma cera de lata – "Parquetina"?, ele se perguntava –, passada e repassada várias vezes por semana no assoalho e nos móveis de madeira antiga.

Apesar de ter apenas vinte e cinco anos, Rosângela parecia uma solteirona próxima dos quarenta; mulher entristecida, dir-se-ia uma mulher abandonada pelos homens – ou fugida dos homens, sabe-se lá. Goldstein devia parecer-lhe um ser de outro planeta, tão bem-vestido estava, como sempre, enquanto ela, de estatura bastante reduzida mas larga, muitos quilos acima da média, cobria-se com um camisolão cor-de-rosa e bermuda branca encardida, aos pés uma sandália do tipo havaiana, gasta e suja – assim a descreveu Goldstein em seu arquivo.

Depois de convidá-lo, secamente, a se sentar, Rosângela ofereceu-lhe água, mas ele, em vez de aceitar, perguntou se ainda se fazia vitamina de abacate naquela casa, a única onde ele pôde experimentar esse tipo de alimento em toda a sua vida. A irmã de Pasquali sorriu pela primeira vez e foi à cozinha preparar a vitamina.

Acostumamo-nos a acompanhar histórias alambicadas e cruéis pelos jornais, rádio ou televisão, ou ainda por dever de ofício, como no meu caso de advogado. Em geral, tais acontecimentos são recebidos levianamente; também com curiosidade, é claro, mas muito mais como algo de uma outra realidade, uma ficção que só nos diz respeito, às vezes, como elemento de distração, outras poucas vezes como filtro de expiação ou até como testes de nossa capacidade de imaginar diabruras. A isso têm servido os milhares de filmes e novelas acumulados ano a ano, para além das suas lições de moral um tanto duvidosas. Quando envolvem pessoas próximas de nós, no entanto – e mesmo sendo iguaizinhas, no seu enredo, às contadas pela ficção –, essas histórias complicadas e cruéis desabam sobre as nossas cabeças como a bomba atômica ainda "cai" sobre a famigerada Hiroxima: fenômeno tão batido, tantas vezes lembrado e lamentado, aquele mesmo, e no entanto ainda e sempre absurdo, até hoje, meio século depois, presente e inacreditável. Uma explosão como essa, um dilaceramento, foi isso que aconteceu naquele dia com Goldstein na casa dos Pasquali.

Rosângela voltou da cozinha por trás de um copo com vitamina de abacate até a borda. Como se de repente se desse conta de não ter visto Goldstein durante pelo menos quinze anos, perguntou, mantida a secura no tom da fala, o que o trouxera até ali. Triste Rosângela! Não perguntou como Goldstein ia indo, o que fazia, seus pais e as suas irmãs, se estava casado, filhos, que profissão tinha, não perguntou nada sobre ele. Apenas "o que você está fazendo aqui, Márcio?", assim, como se Goldstein fosse um inimigo, alguém culpado de alguma coisa e que ousava retornar ao local do crime sem aviso prévio.

Goldstein explicou-lhe o motivo da visita: sua preocupação com Luca, que encontrara por acaso no shopping Iguatemi depois de tantos anos e levara ao seu escritório. Em ondulações de voz já interrogativas, disse que queria saber o que se passava. Rosângela pediu licença para ir à cozinha desligar o fogão. De retorno à sala, sentou-se numa poltrona, os dois braços pendendo entre as pernas abertas, o corpo jogado para a frente, e começou a falar ininterruptamente, num desfilar monocórdio de palavras, vindas de quem não parecia ter muito a perder.

Os problemas começaram quando Luca passou para o ensino médio, aos dezesseis anos de idade. Até então tudo estava normal – ele ia bem na escola, jogava futebol no clube e tinha uma namorada. Pouco a pouco, formou-se nele a imagem da chama se reduzindo, Luca falava cada vez menos, desfez o namoro com certa violência, recusava-se a dormir e a comer em casa, trancava-se no quarto dia sim dia não. Os pais pensaram de imediato no mais fácil, ou mais sensacional: uso de drogas, atração disfarçada pelo homossexualismo, masturbação acima do necessário... Mas não surgia nenhum sintoma típico disso tudo, para eles isso ao menos não aparecia, acentuando-se por outro lado a vontade de Luca de ficar sozinho, de não abrir a boca para ninguém, um isolamento total, mais tarde transformado em pânico. Pânico de sair de casa, relatou Rosângela a Goldstein, um medo enorme também de receber pessoas dentro de casa, de descer para conversar com alguma visita, ir a alguma festa, falar ao telefone até mesmo com a ex-namorada. Começou então a trazer notas ruins da escola, o que nunca havia acontecido. Comia cada vez menos. Desconversava, cheio de teimosia. Aquilo parecia uma depressão profunda ou coisa semelhante, ela não sabia definir com clareza, uma prostração ostensiva, que a mãe, contou Rosângela a Goldstein, não aceitava e tampouco admitia que o pai aceitasse, de modo algum.

Aos dezesseis anos de idade, então, o corpo atlético como sempre fora, mais de um metro e oitenta de altura, Luca passou a apanhar da mãe, sem nenhuma reação, como uma criança de menos de dez anos, indefeso, passivo e desengonçado, indiferente diante da agressão, assim ele parecia para a irmã.

Durante anos a família procurou médicos e hospitais, clínicas e ambulatórios. Pasquali, que suportava a fúria da mãe orientalmente, submeteu-se a terapias as mais diversas, com e sem choques, com ou sem medicamentos, ela dizia a Goldstein. Manteve-se no colégio a duras penas, passando de ano sempre no limite, com a colaboração piedosa dos professores. Mais tarde, a cada dia mais recolhido, recusou-se a prestar o exame vestibular. Os médicos reconheceram nele sinais de uma insatisfação crônica, um azedume, a melancolia de quem não vê nada sobre o próprio futuro, contou Rosângela, mas nunca chegaram a um tratamento de consequências positivas.

Desde aqueles anos, então, Luca passou a acumular ações cada vez mais esquisitas, ela mencionava obsessões, umas perigosas – como a de ficar dias inteiros sem comer –, outras não – como a de recusar qualquer presente, de quem quer que fosse, e só aceitar coisas velhas e desgastadas, ou ainda, nos últimos anos, a de retirar sempre o mesmo filme na locadora de vídeo, dezenas de vezes o mesmo filme, sem no entanto assistir. Aos poucos foi abandonando qualquer prática esportiva, até que, por resultado de acordo entre a família de Pasquali e uma outra família de italianos, estes recém-chegados da Itália, casou-se com Aurora, uma pobre moça, assim a ela se referiu Rosângela, moça calada e inexpressiva, filha de um comerciante de tecidos, costureira mediana por falta de opção. O casamento acontecera havia pouco mais de um ano e se encerrara uma semana antes dessa visita de Goldstein à casa dos Pasquali, disse Rosângela, tragicamente, inesperadamente, com a morte de Aurora, assassinada pelo próprio marido.

Goldstein conta em seu arquivo que ouviu a história do amigo de infância tomado o tempo inteiro por uma força externa crescente; algo invisível parecia interromper os seus movimentos. As lágrimas se acumulavam dentro dos olhos, ele escreveu, represadas apenas por um pudor infantil, o mesmo pudor impedindo-o de fazer perguntas a Rosângela. Ao final de seu relato, ela se ergueu, recolheu das mãos de Goldstein o copo com a vitamina de abacate ainda até a borda – formara-se uma nata espessa na parte de cima – e voltou mais uma vez à cozinha; de lá, a voz quase encoberta pelo barulho da água escorrendo sobre a bacia metálica da pia, disse que naqueles momentos os pais de Luca estavam à procura de um advogado de defesa, pois os familiares de Aurora já tinham registrado queixa na delegacia de polícia e havia, aparentemente, não sabia bem mas assim falou a Márcio, havia um inquérito e uma ordem de prisão contra Luca.

Goldstein não lhe revelou que era advogado. Massageando-se nos ombros, a gravata afrouxada, o suor escorrendo-lhe pelas têmporas, apenas perguntou a ela onde Luca estava vivendo naqueles dias – e era ali mesmo, disse-lhe Rosângela, no quarto em que ele dormira durante toda a sua infância, fugitivo sobre as mesmas fronhas, refugiado sob os mesmos lençóis já quase sem cor –, retirando-se em seguida, após ter prometido à irmã de Pasquali fazer alguma coisa, seriamente, por ele.

3

No dia seguinte, no escritório, depois de surpreendentemente pedir desculpas pelo atraso – fora visitar a irmã no hospital, mas não era nada grave, ele disse –, Goldstein expôs o caso para mim, resumindo tudo o que Rosângela lhe contara. Ele precisava, ele dizia que precisava de qualquer maneira assumir a defesa de Pasquali, custasse o que custasse, assim ele se exprimiu. A existência do assassinato era inegável, fora cometido e assumido por Luca, mas poderíamos, ele dizia, considerar o seu passado exemplar e as tradicionais "circunstâncias atenuantes"; devíamos sobretudo considerar que a mulher de Pasquali o ameaçava, que ele portanto agiu em legítima defesa e por isso, juridicamente, não havia crime algum; não seria difícil obter testemunhas para a instrução, dezenas delas, ele dizia.

A partir da descrição que Goldstein fizera do declínio de Pasquali desde a adolescência, comecei a criar um plano de ação diferente. Na minha avaliação, a saída deveria ser outra: demonstrar que o seu amigo de infância sofria nos últimos anos de uma doença mental, alguma perturbação, algum retardamento, enfim, haveríamos de concluir um levantamento a esse respeito, e não podia portanto ser responsabilizado pelos seus atos. Em termos mais técnicos, eu achava que o caminho mais adequado, então, era o da inimputabilidade de Pasquali e não o da legítima defesa.

Como meu sócio era atinado com as coisas do intelecto, recordei-lhe como exemplo o caso famoso de Louis Althusser, o filósofo francês que em 1980 estrangulou a própria mulher e, embora tenha sido internado e colocado à margem pela intelectualidade do seu país, acabou nem sendo julgado, salvo da prisão, aos trancos e barrancos, pela decisão da Justiça de optar pela impronúncia. Esse caso fora usado como ilustrativo várias vezes pelo próprio professor Refahi em suas aulas de Direito Penal na faculdade. Por isso fiz questão de lembrá-lo a Goldstein. Além do mais, exemplos de processos ruidosos envolvendo gente famosa encantam juízes e jurados na hora necessária. Bastaria solicitar exames médicos e psiquiátricos, perícias, laudos, atestados e receitas – na minha forma de ver, tudo isso seria muito mais fácil e lógico do que a tese da legítima defesa.

Goldstein contrapôs outro argumento: pela sua linha de raciocínio, mesmo na pior hipótese – a de Pasquali condenado –, a pena seria de não mais de quatro anos, em regime aberto, apenas horários a cumprir e restrições para deixar a cidade, pois Luca nunca tinha cometido outro crime antes, enquanto uma internação por motivo de doença ou perturbação mental poderia durar um período ilimitado.

Nesse dia, porém, optamos por não aprofundar a discussão a respeito do caso, ficando acertado apenas que nos ofereceríamos à família como advogados, propondo de imediato que Pasquali se apresentasse à polícia para poder responder ao processo em liberdade, pelo *habeas corpus*. Tão evidente quanto o acordo em assumir o caso, era o fato de que ali, entre nós, não havia ainda condições emocionais, não havia sangue-frio, como se diz, para irmos mais fundo.

A história de Luca Pasquali poderia ser encarada por mim como outra qualquer – nem seria preciso citar a de alguém famoso como aquele triste e arrependido filósofo francês –, não fosse o abalo que provocou em Goldstein. Depois de relatar o que sabia, meu ex-sócio resolveu sumir por três dias do escritório, como se tivesse decidido deixar tudo desabar sobre as minhas costas. Simplesmente desapareceu. Não fosse também patrão, na certa teria sido demitido por abandono de posto.

E no entanto, confirmando mais uma vez velhos e surrados ditos, as aparências infelizmente de fato enganam, e há mesmo males que vêm para o bem. Pois foi certamente durante esses três dias que Goldstein escreveu as páginas de maior valor informativo do seu arquivo "Pasquali". Sem temores, sem goma nos cabelos, era um Goldstein diferente e para mim desconhecido, ao escrever: "Luca, eu também tive os meus problemas. Lembra das minhas irmãs? A Laura era a mais velha e a Miriam a mais nova, você se lembra? Claro que sim. Várias vezes você passou férias ou fins de semana com a gente no Guarujá, não é verdade? Então... Mas dessa vez você não estava. Acho que foi por isso que tudo aconteceu, Luca, porque dessa vez você não estava por lá.

"Já na saída do elevador eu ouvi algo estranho – normalmente não havia movimento ali, área comum pequena, escura e fria, ninguém costumava nos fazer visitas, jamais ocorrera assalto ao prédio, a família era discreta, sem brasão algum, certo, Luca?, sem empregados ou cachorros, o apartamento como sinal mais elevado de prosperidade naqueles anos, orgulho do meu pai, e além do mais os vizinhos dessa vez desfrutavam a temporada em outro lugar –, ouvi então algo, isso só podia mesmo ser estranho, e logo nos precipitamos pelo corredor em direção à porta.

"A tia Ilza (você lembra dela?) dentro do quarto com a sandália de borracha apertada à mão, foi o que imaginei no momento seguinte, depois que entrei no apartamento com a Miriam, as boias, a pequena prancha de isopor azul e uma esteira.

"Vinda do quarto, uma sequência de pequenos solavancos num compasso irregular, como rugidos de móveis arrastados com violência – era a berraria. A voz da Laura, esganiçada, imprecisa, abafada pela porta, desafiando: 'bate, cadela, vem, idiota, bate, não dói nada, idiota', eram uns sons troncudos como socos, cortantes como tapas, e o estalar daquela sandália presumível ecoava por todo o apartamento.

"Na sala, a Miriam tinha restos de sorvete de morango derretido em torno da boca, olhos logo avermelhados, feito o rosto queimado de sol, os braços largaram ao chão a prancha e a esteira, para se agarrarem à minha cintura. Reparei ali perto de nós o telefone azul-claro fora do gancho – isso simboliza, imaginei, um gesto interrompido sobre o sofá de couro cor de mostarda. Desvencilhei-me das boias e da irmã mais nova, Luca, e fui até o aparelho azul-claro para encostá-lo ao ouvido: só o sinal de ocupado se fazia escutar. Vou ligar para papai e mamãe, pensei, eles talvez possam explicar o que está acontecendo; mas só pensei, não cheguei a falar nada para a minha irmã porque lembrei que seria impossível: os pais estavam no exterior, nem sabia onde; além disso, a lembrança deles certamente faria com que Miriam chorasse ainda mais, e talvez me levasse a chorar também depois, o que era inconveniente sob todos os aspectos possíveis naquele momento.

"Puxo com esforço a cena da memória – é a única morada onde o real dos gestos e dos temores pode se preservar, certo Luca? –, recompondo aquele apartamento pequeno, de veraneio, no Guarujá. Você com certeza se lembra: primeiro, a sala mínima, exatamente onde estávamos atônitos agora, sala tão mínima que era obrigada a expandir-se numa varandinha forrada com minúsculas pastilhas cor de vinho. Tudo muito reduzido, sei hoje, embora assim não me parecesse. Em seguida, a cozinha, quase um quitinete de azulejos brancos; daria um razoável anexo de enfermaria, penso. Depois, o corredorzinho com duas gravuras de paisagens marítimas fazendo as vezes de decoração; e os quartos... não gosto de lembrar dos quartos.

"Podíamos ouvir dali o rumor das ondas quando o mar estava bravo, acho que você tem lembrança disso também; apenas ouvi-lo, pois o prédio não possuía vista para o mar, era lateral, numa rua do centro da cidade que desembocava na avenida da praia, íamos à praia a pé, só uma rua para atravessar correndo, mãos dadas, aquelas mãos pequenas, insuficientes para segurar uma garrafa de água, bem apertadas uma na outra, como que se comparando. Lembro muito bem: tomávamos sorvete ou raspadinha de groselha e comíamos hot dog, na areia ou no calçadão de pedras brancas e pretas, sempre, muito, de dia e de noite.

"O sorveteiro da esquina, com o carrinho de guarda-sol branco, azul e amarelo, também ele gostava de chupar sorvete, todo dia um de coco na boca – o que me impressionava. Você chegou a conhecê-lo? Tinha mesmo um jeito especial de saborear, aspirando pelas laterais aquele torrão gelado, expunha insistentemente a língua vermelha, volumosa; para evitar a queda de pingos, fazia um barulho enorme. Uma superchupação, para dizer bem claro.

"Aprendi a chupar sorvete com esse homem alto e magro – magro de verdade, eu o vi nadar e fazer brincadeiras só de short uma vez num fim de tarde, não era um falso magro, dos que com roupa parecem limpos de gordura mas nus se revelam disformes, cheios de sobras, como meu pai, por exemplo, embora eu não notasse na época, mas as fotos tiradas então são inequívocas; quanto a ser alto, pode-se atribuir o adjetivo a uma impressão de menino, tenho hoje minhas dúvidas – aquele sorveteiro negro, elegante, de uniforme branco – o sorvete de coco ornava com esse uniforme sempre bem lavado – e que suava muito, mas estava todo minuto ali, naquela esquina, como a paisagem, instituição risonha que parecia gostar de nós, e dizia 'gosto de vocês'.

"O som terrível da berraria chegou à saleta também através da varandinha, onde colocávamos nossas roupas de banho para secar e que no entanto não dava acesso, nem visual, ao quarto. Por isso dei quatro passos – algo como dois passos meus se esses episódios ocorressem hoje, como ir daquela cafeteria ao elevador do shopping em que nos encontramos, Luca – e tentei forçar a porta, que estava trancada.

"Tia Ilza, tia", gritei de verdade, bati na porta com as duas mãos no corredorzinho, mas era infrutífero gritar ou socar a porta ali; "Laura, Laura", Miriam também gritou, escondida atrás de mim, estava um calor imenso e era mesmo inútil gritar naquele momento, os berros se confundiram no apartamento de veraneio, os de dentro e os de fora do quarto. O calor talvez estivesse derretendo a meio caminho os sons que a gente emitia através das nossas pequenas bocas – de gritos passavam a brados, de brados a voz forte, daí a simples fala, logo murmúrio e depois nada mais, tudo isso antes de poderem chegar aos ouvidos de quem quer que fosse. Pensei nos vizinhos, que mal conhecíamos; foi de novo apenas pensamento: o apartamento ao lado, como já afirmei, estava desocupado.

"Tia, tia", "Laura, Laura", Miriam e eu urramos novamente, e novamente à toa, enquanto a berraria prosseguia dentro do quarto trancado. Não saímos de volta para o corredor comum em busca de socorro; pensei em pedir ajuda ao zelador ou ao sorveteiro, eu tinha dez anos (você tinha onze, Luca), mas pre-

ferimos nos abraçar, assim Miriam e eu nos afundamos à espera no sofá cor de mostarda, impotentes ao lado do telefone mudo.
"Há tempos nada tenho de febre, Luca. Sujeira dela resolver me pegar agora, com essa pressão, calor de chumbo adentro...

"Parece que se acalma enquanto recheia a minha cabeça suja, suja por dentro, sei bem, e querendo desintoxicá-la, uma pequena orquestra suave, com o violino penetrante, a flauta sob a tensão mais incisiva e bela – esses instrumentos trazem por trás das notas, como um sussurro, uma palavra desusada, como a melancolia, como o estar desconectado, a crise, um desânimo, palavras genéricas. Conclusão: existência medíocre nesse quarto.

"Logo, um homem sem futuro, pois é impossível se lembrar do futuro; apenas o passado vive na memória, e só a memória é o real, penso assim, embora nem tudo que a memória possa trazer seja, realmente, o real, não é assim a verdade?

"Quem ordena os passos a essa força? Essa música... música, essa fluidez, essa harmonia que expulsa a febre mas é também face da febre, momento raro, como chupar sorvete de coco na praia, cuidadosamente, pelas laterais, o sol a pino: ó glória!

"Havia um termômetro de vidro sobre o criado-mudo, desses difíceis de se ler, mas não está mais aqui, adverte-me a tia Ilza interrompendo a harmonia de sons, essa tia distante que agora me visita por acaso, com certeza sem querer, caída no apartamento feito uma sombra fria que logo, eu sei, estará longe, de volta para sua vida, longe.

"O termômetro está perdido sob a cama. Outra vez no mundo do meu discman, a orquestra bondosa, agora a trompa e esse violoncelo tão suave, produtos da paciência e da perseverança, que aliviam através do fone de ouvido.

"Se a tia caída de longe não encontra o maldito termômetro, é por falta de vontade. Maldita ela na verdade, e sua voz grave, desde o dia em que surrou minha irmã mais velha durante as férias na praia, anos e anos atrás, irmã angustiada aos berros tentando escapar, rodopiando pelo quarto cuja porta abafava, mas não vedava o seco som de tapas e chineladas; berros também, mas de outro teor, dessa tia desalmada – eu não conseguia encontrar outra palavra, meus pais viajando, minha irmã mais nova aos prantos, de puro medo, escutando, eu sem perceber o efeito daquela berraria infernal no meu ainda existente futuro – contraste definitivo e indestrutível hoje com essa pequena orquestra, insistente fibra de sons, tranquila no seu ritmo, fina e articulada, o piano levíssimo, tão fugaz – que outra palavra para tal vibração?

"Levanto-me para depois dobrar o corpo, pegar o termômetro sob a cama – única saída, procurar sob a cama – e sinto a tontura, outra vez gira um martelo dentro da cabeça. Afinal, o que a traz aqui, pleno quarto, a essa tia sem palavras?

"Você vai se lembrar disso, Luca:

"Só o Bem pode acontecer, só ele existe e é possível e necessário, e portanto o imperativo é dizer sim a tudo, sem preocupações, sem palavras mesmo, através de gestos ou do comportamento, do recuo, engolindo em seco, como se diz, está sempre tudo bem e você, então, nunca deve dizer não, seria impostura, insensatez. Prevenir-se contra o quê?

"Assim, no comezinho dia a dia, foi transmitida ao menino, pela família, na sala de jantar, no farfalhar dos lençóis, em casa ou no apartamento do Guarujá, foi transmitida, no cheiro forte da lavanderia, a sabedoria dos vencidos de antemão, daqueles que morrem atônitos, flanela à mão, sem a energia dessas teclas de piano.

"Nada faltará sob esse imenso guarda-sol. Não foi tudo feito com amor? Tudo não foi trabalhado pela 'melhor intenção'? Mas aonde levar? Eis a resposta: ao definhamento posterior, na cena involuntária, uma desventura, desvio e, mais, o pior, a certeza do fracasso, Luca.

"Talvez essa conclusão seja precipitada, seria preciso analisar com mais calma: pois a tia não fez sem querer doutrina do outro lado naquela surra anos e anos atrás? Afinal, através dela, dentro da família, portanto dentro da própria família, insisto, a mesma família, então, não soube o menino (sentindo? intuindo? incorporando?) que o Mal há, e, mais ainda – ouso me dizer agora nessa febre –, que o Mal há também perto de você, para você e... em você? E disso, ao fim e ao cabo, como se diz, também o menino não se beneficiou?

"Mas o Mal, ainda esperava aquele menino – nós todos, todos os meninos e todas as meninas da nossa rua, estávamos convencidos disso, não é verdade? –, não podia encarnar. Seria heresia, no fundo imaginação infantil (de novo essa palavra, infância, disposta a tanto choro aqui no som do discman, confirmo que mãos alongadas, o corpo curvado sobre o instrumento, fazem mesmo desse piano um vibrar de luz), uma criança, em todo caso, deturpada, estragada desde o início, acredito.

"A febre recuou um pouco.

"Mas, também no fundo, sob disfarce, um rio interno em efervescência vivia, subterrâneo, naquele ser indefeso. Quem sabe a surra, de anos e anos atrás – e essa teria sido a lição outorgada involuntariamente pela tia Ilza através daqueles gestos selvagens e raivosos –, não tenha aberto para o menino as portas de uma mansarda plena de impasses e escolhas forçadas, onde uma fascinação imensa se trancara no primeiro instante, bem ao fundo, fascinação logo crescente, vontade de abreviar o resgate do tempo desperdiçado, fascinação doentia por tudo que pudesse, na imaginação, na sensibilidade, encarnar, sim, encarnar mesmo, ser o Mal, esse elemento novo, buscar o oposto à regra... no mínimo para conhecer o castigo pela própria pele, já que não conseguira interromper aquele sofrido por seus seres mais próximos, suas irmãs. Tantos passeios, afinal, tantas incursões como que viagens proibidas para outros mundos, não se prestaram depois a isso? Mas, aí, acho que já começava a me perder de você, Luca.

"A harmonia entre este dar a conhecer involuntário (da tia Ilza) e o legado familiar foi, entretanto, total: o menino continuou dizendo apenas sim, jamais não. Mas com novidades: a negativa suportava cada vez menos o sufoco que lhe era imposto, e então se corrompia, em símbolos, dissimulação – como já se disse, a arma dos fracos –, e o Mal meu era só eu quem conhecia. Sequer a tia disso sabia, ninguém sabia daquele descaminho secreto que se iniciava.

"Mas, e aqui de novo as dúvidas vêm perturbar a linearidade frágil do meu raciocínio, Luca, talvez tudo tenha começado muito antes, quando os lençóis amanheciam com outros tipos de manchas – estas marcas, nem sempre indesejadas, que nos acompanham a vida inteira, da baba a baba, passando pelo sangue, o chá derramado, o suor dos pesadelos e todos os líquidos do sexo. Difícil concluir, por enquanto, já que sempre, sempre, mesmo antes de tudo isso, quando levado ao mar ou a uma piscina, eu sempre antecipadamente perguntava, ao pai, à mãe, à empregada, a quem quer que fosse meu condutor, sempre, antes de entrar na água perguntava 'o peixinho vai comer eu?' e emendava, como indagações siamesas, em qualquer época do ano, a quem quer que fosse o meu condutor, perguntava 'será que o Papai Noel vai trazer presente pra mim?'.

"Você conheceu isso muito bem, não foi, Luca? Você achava brincadeira minha, lembra? Sempre, toda vez eu perguntava temeroso 'o peixinho não vai comer eu?' e logo 'será que o Papai Noel vai trazer presente pra mim também?'. O menino talvez achasse não merecer nada, penso, senão a mordida de um peixe inesperado que talvez nem existisse; na verdade, por ter pecado, a mordida de alguma coisa misteriosa que ele não podia enxergar, oculta dentro da água, atraente, invisível da superfície, que me agarraria, era esse o meu temor, certamente, alguma coisa me pegando por qualquer parte do corpo, sem escapatória, assim que eu me enfiasse dentro da água, no mar ou na piscina, sempre, durante anos e anos, por isso pelo menos essa sensação me recordo com facilidade agora, o medo de sonhar com o pai fingindo-se de lobo atrás de alguma árvore, uma prancha sob o braço direito e uma porção de bruxas em volta dele, ele logo balançando uma caixinha, fazendo mão de bicho com seus dedos longos; por que a gente entra no sonho, mãe?, e logo depois, o menino repetidamente indagando, a quem quer que fosse o meu condutor, sempre, antes de entrar na água 'o peixinho vai comer eu?' e 'Papai Noel vai trazer presente pra mim?'.

"Mas o pior disso tudo é que eu, judeu, eu não tinha Natal, Luca! Você não, você e todos os outros eram gentios na nossa rua. Vocês eram os *goym*! Havia duas realidades para mim, embora nem eu nem você soubéssemos disso. Uma mesma realidade era a da minha casa, da minha escola, do meu clube e do meu corpo. Outra realidade eram você e os demais. Você estudava em outra escola, era de outro clube, não era circuncidado. Eu ia de vez em quando ao *schil*, no Bom Retiro, onde meu avô, coberto por um xale de lã branco e preto, às vezes um outro mais leve, branco e azul, quando o ar na sinagoga ficava mais abafadiço, balançava-se incansavelmente, seja em sua cadeira reservada – o nome gravado orgulhosamente em hebraico (ou seria iídiche?) numa plaquinha afixada na madeira –, seja deslocando-se junto com tantos outros velhinhos para diante das cortinas de veludo vermelho que davam guarida aos rolos da Torá, ou depois, a reza encerrada, para transmitir um beijo aos livros sagrados, através de uma ponta do xale tocada previamente pelos seus lábios ressecados; você não, você ia de vez em quando à igreja perto da nossa casa, onde entrei uma única vez, apavorado como se estivesse cometendo um pecado, passando um a um pelos altares laterais, as imagens infinitas de santos e santas e velas e cores variadas nos vitrais.

"Nunca quis que as coisas fossem assim, mas a verdade é que elas eram assim, ao menos dentro da minha cabeça mal calibrada: eu vinha de uma tradição heroica e milenar, me ensinavam ser essa a tradição do povo do livro, Luca, eu tinha antepassados que sofreram enormemente, geração após geração, e uma história que eu não podia esquecer, pois, caso contrário, ela se repetiria a qualquer momento, qualquer vacilo e pronto: de novo as terríveis e inacreditáveis câmaras de gás, o gueto de Varsóvia, a escravidão no Egito e novos êxodos forçados, tragicamente, enquanto você, para mim, você não tinha história para além da loja do seu pai; no meu modo míope de ver as coisas você era um desenho animado que se entrosava comigo, mas através de uma integração virtual.

"Veja bem, querido Luca, você não era inferior nem superior; você era simplesmente diferente. Na sua casa não havia velas acesas na noite de sexta-feira, mas havia festa junina. Não havia matzá, mas ovos de Páscoa. Minha casa tinha mezuzá na porta de entrada. Na sua um Jesus Cristo na cruz enfeitava uma das paredes da salinha de televisão, lembra? Ah, como me impactou aquela imagem da primeira vez que eu a vi! E você, em algum momento notou uma barrinha de metal prateado presa ao alto, no lado direito do umbral da porta da minha casa? Havia uma barreira que não fora criada por nenhum de nós. Você sentiu alguma coisa, alguma vez, contra aqueles bandos ameaçadores de caras vestidos de ternos escuros, cabelo escovinha, que andavam com bandeiras e enormes estandartes vermelhos pelas principais esquinas da cidade, abordando os motoristas dos carros com o símbolo da Tradição Família e Propriedade?

"E no entanto nos dávamos tão bem, e você era tão importante! Importante... essa é até uma palavra besta, Luca, palavra reles, muito fraca; porque você era mais do que importante, muito mais, você era ouro maciço, dezoito quilates. Você era para mim a síntese real dos principais fundamentos da amizade, Luca, aqueles que aprendemos na escola e nunca mais encontrei concentrados em alguém: ó a lealdade, ó a ternura, ó a cumplicidade e a reciprocidade, ó a compreensão, o desinteresse, ó a alegria, respeito, solidariedade, ó a perseverança – era isso, você.

"Não sei por que trato disso agora com você, mas talvez seja porque foi indissolúvel essa barreira herdada, perdurando na nossa rua sem que eu fizesse qualquer esforço para tanto, ou ainda ao longo dos anos seguintes, não apenas em relação a você e aos nossos vizinhos, vingou em outros longos anos e amplos lugares, ao lado de ombros e mais ombros, desejados mas infelizmente jamais tocados. É certo que ela persistia apenas dentro da minha cabeça. Mas como persistia, essa imensa barreira, teimosa e enraizada!

"Alguém já escreveu, e eu li, Luca, sobre a penosa condição de se viver atormentado 'entre dois mundos'. Assim aconteceu com vários monstros sagrados da arte e do pensamento, não é verdade? Gente como Kafka, Freud, Heine, Einstein, Offenbach,

Mahler e tantos outros que, sendo de origem judaica mas dispersos no mundo em razão da famigerada e velha Diáspora (você já ouviu falar nisso, Luca?), procuravam obter um reconhecimento social mais amplo, embora não conseguissem se desvencilhar de suas origens, de nomes onipresentes como o de Abraão, o de Isaac e o de Jacó, de Sara, com suas velhas mãos e seu pano senil, das saias longas e acolhedoras de Raquel, dos braços aconchegantes de uma Miriam formosa e pura nas águas do rio Nilo. Isso não teria nenhuma importância para nós, não é, Luca? Nenhum de nós tinha a mínima noção real de nada disso (a noção que eu tinha era escolar, primária, superficial, professada numa escola judaica mas já com as raízes afrouxadas, você entende?, apenas nos moldes de disciplinas obrigatórias, portanto de forma insuficiente para fazer penetrarem fundo nos meus sentimentos todos os dez mandamentos recolhidos por Moisés no meio do deserto), a mínima noção de como é a História. Não tínhamos qualquer noção do que eram economia, origens, raízes. Por que tantos nomes? Se eu fosse algum monstro sagrado, como aqueles que citei aí acima – os antigos, bíblicos, e os modernos, mentes grandiosas e invejáveis –, talvez tudo fosse mais fácil. Não sei. Mas de todo modo não sou nada, Luca. Sou um monte de redes emaranhadas, cada vez mais emaranhadas e aprisionadas sob o peso de uma rocha no fundo do mar, aqui nessa cidade imunda, resmungando, lamentando o meu destino medíocre, Luca, indiscutivelmente sem saída.

"Minha miséria era que eu não tinha nada a ver, na minha cabeça, com a miséria do Nordeste brasileiro, aquele desfilar infinito de fotos de seca e pobreza em algumas revistas e livros. Milhões de pessoas sem ter o que comer, era o meu país também, não é verdade? Mas se não sentia assim, que posso fazer? Minha visão local estendia-se no máximo até a praia de

Copacabana... Milhares de pessoas clandestinas, outras milhares refugiando-se em qualquer canto ou em outros países, ou ainda presas e torturadas, aqui perto de nós, essa a verdade daqueles anos. Mas o que significou isso para mim em comparação com a Guerra dos Seis Dias, Israel, Egito e Jordânia, Nasser, Moshe Dayan e Golda Meir, nomes até mais familiares que Paraíba, Rio Grande do Norte, Bezerra, Lamarca; na minha inocência, na minha ignorância extrema de criança, eram aqueles e não esses os nomes que escutava pelo rádio na minha casa, como nomes de jogadores de futebol! Claro, muito da realidade desse 'outro país', cheio de Silvas e Santos, cheio de descendentes de Dom João e de Carlota Joaquina, muito disso estava submerso também pela censura, pela clandestinidade imposta a quem pensasse diferente. Mas por que fugir dessa verdade anterior, que é outro tipo de miséria? Luar do sertão? Só muito mais tarde, numa das minhas inúmeras fugas, só então vim a conhecer o luar do sertão, Luca! E para você, Luca? Você fazia alguma ideia de quem era Moshe Dayan? Mas, e eu, eu sabia quem era de verdade esse que meus pais e professores chamavam de heroico general, com seu temível tapa-olho negro e sua cara de lobo?

"No *schil*, coração do Bom Retiro, aquele calor do aglomerado de homens e mulheres (eles embaixo, elas debruçando-se no balcão para contrapor às rezas, de lá de cima, os seus acenos e as suas tagarelices) e a ininteligibilidade dos rituais chegavam a sufocar no Iom Kipur ou em Rosh Hashaná, as nossas festas mais cansativas; mas ao mesmo tempo havia um gosto especial em saber seguir as orações em hebraico, embora meu avô – sempre limpo o seu xale azul e branco cheio de bordados – misturasse hebraico e iídiche no seu balançar ininterrupto; saber o significado das palavras, dos pontinhos e dos pequenos traços, era uma coisa a mais, um *plus*, Luca, coisa própria que eu controlava com facilidade. E depois vinha a comida na casa da minha avó, a riqueza purificadora da raiz-forte, o *gefilte fish* denso e geladinho na medida certa, aquela canja de carne autêntica e seu macarrão de ovos fininho, depois o *farfalle*, os grãos mais saborosos que conheci até hoje. Era uma compensação pelas horas de calor e falta de ar na sinagoga, Luca. Nunca entendi por que você, o meu melhor amigo, nunca foi, nenhuma vez, jantar na casa dos meus avós, senão nas festas, ao menos nas sextas-feiras, quando a beleza da mesa se repetia.

"Quem diria, Luca: meu mestre, meu grande mestre, depois, veio a ser um árabe, o perfeito e querido árabe Refahi.

"De visível mesmo, o que havia entre nós era o corpo, o meu corpo. Mas, pergunto agora: Você alguma vez chegou a notar alguma diferença? Claro que não! Esse era um problema meu.

"Você nunca soube do meu horror, do pavor que tinha de ver um dia o Bandido da Luz Vermelha entrando na minha casa e assustando a todos nós, na ausência dos meus pais. A luz real, porém, era sempre a luz vermelha da traseira do Aero Willys preto do seu pai, quando entrava na garagem da casa de vocês, essa era a luz real, refletida para dentro do meu quarto, que me apavorava, menino encolhido sob o lençol e o cobertor, à espera do Bandido que não vinha nunca. Da mesma maneira, e mais tarde, você nunca soube do meu descaminho secreto, que viria a ganhar proporções maiores e faces as mais diversas, embora bordadas, todas elas, com o mesmo fio; dobraria esquinas escuras, quartos sujos de hotel, acumulava já pequenos furtos, a língua vermelha de um sorveteiro negro e um silêncio permanente, como o do já rapaz pela avenida Angélica, no pulso da cidade – você de fato já não estava presente –, noite nem quente nem fria, à mão um livro de poesia marginal (edição do autor) que uma mulher mais alta do que eu pegará depois de interromper o meu caminho com um longo 'ooooi', de modo provocativo. Mas não é nada bonita, eu pensei; mesmo assim, sabia trabalhar com os olhos, deslizando-os pelo meu corpo todo, para cima e para baixo, centrando o esforço nesse pedaço de carne e cartilagens que começava a se inchar involuntariamente. 'Tá passeando?', e assim ela puxou um assunto qualquer abrindo a blusa, aproximando agora o rosto do meu rosto, quase encostando-se toda. Não fiquei com medo, Luca, juro que não fiquei com medo, apenas disse 'não tenho dinheiro', e não tinha nada mesmo a não ser algum trocado para o ônibus, mas aquele inchaço me dizia alguma coisa forte que ela despertou. 'Vem encontrar comigo um dia de tarde.' Ela deu um endereço, como praça Júlio de Mesquita, no centro sujo da cidade. Sorriu olhando de novo o meu inchaço íntimo, agora como quem lança uma flecha, e deixou-me passar um pouco sem graça guardando na memória aquela fisionomia do século passado, meio magra demais, até um pouco bexiguenta, mas atraente como mistérios submarinos. E tudo aquilo na esquina seguinte, sozinho, como viver um segredo, apesar de secular, previsível, normal em qualquer cidade, mas entrando doído em mim, como o Mal garganta adentro.

"Começava a sentir que sofria, Luca. Aquela pessoa magra demais e bexiguenta, aquela que, amiga do zelador, guardava uma pequena sacola no armário de luz de um prédio, era uma prostituta e era também *goy*, Luca. Você entende? E eu nem tinha lido, sequer tinha ouvido falar no Complexo de Portnoy, do Philip Roth. Você já leu alguma coisa sobre esse livro, Luca? Eu sei que você não leu. E sabe por que pergunto isso, mesmo assim? É para constatar mais uma vez como sou de um outro planeta, nessa minha cabeça suja, diferente do seu. Nem melhor nem pior, apenas outro, diferente. E, no entanto, se começava a sofrer, começava também a querer voltar ali, a voltar de fato àquela esquina da avenida Angélica (que ironia nesse nome!), àquela sedução, àquela mulher bexiguenta, e depois a outras tantas que minha mãe na certa classificaria de rameiras ou monstros – porque eu as classificava assim, e por isso talvez as quisesse mais –, outras centenas de vezes, no centro sujo.

"Você já não subiu comigo a escadaria estreita e úmida do prostíbulo da Olga, perto do cemitério na rua da Consolação, Luca. Cada um com sua capanga de couro preto pendurada num braço, éramos três garotos nervosos – três amigos meus da CIP, Luca, sabe o que é a Congregação Israelita Paulista? –, um medo enorme de chegar ao topo da escadaria depois da espera longa na calçada, mas ao mesmo tempo excitados, ansiosos naquela luminosidade propositalmente precária. Não foi nenhum desastre essa primeira vez, Luca, mas, posso dizer agora, você me fez falta. Você na certa não hesitaria tanto quanto nós três hesitamos diante do grupo de sete ou oito moças que nos aguardavam; brancas, loiras e morenas, mulatas, negras e até uma japonesa, uma nissei, Luca, todas quase nuas, espalhadas em cadeiras e sofás, manequins vivos à espera de um dedo ou olhar nosso, os minijurados, que lhes apontasse o caminho do trono miserável. Suado, hesitei na escolha ainda mais que os outros dois, tinha um medo antecipado de alguma vingança por parte das moças que preteriria, você me entende? Todas me atemorizavam com seus saltos altos, e, por isso, aconteceu de elas acabarem optando: uma negra alta de olhar caído, pernas maiores que as minhas, lábios maravilhosos e dentes incrivelmente alvos, ela piscou-me os olhos mais que as outras, assanhada, e então me entreguei, suas mãos firmes me levaram para a cama com presteza, puxando-me pelas minhas mãos frágeis, como um menininho de brinquedo naquela noite chuvosa, inesquecível véspera de Carnaval. Depois, tudo tão rápido, Luca, havia nela uma flacidez que me perturbou, mas era também um quarto um pouco escuro, ela cuidando de tudo, de pôr a camisinha, de se remexer com alguns gemidos forçados que me decepcionaram, mas logo veio o meu pequeno jato feliz, Luca, ele veio e isso foi o bastante. Anos mais tarde, aquela mesma mulher experiente regou-me o corpo com Fogo Paulista, para saborear depois a bebida junto com o meu suor e tudo o mais que consegui produzir ali; mas essa pequena aventura já aconteceu dentro de uma outra casa, o meu corpo mais solto, a minha mente, Luca, mais suja."

"Incrível mesmo foi o que ouvi depois, Luca: a Laura é que provocara a surra fatal – logo você verá por quê – no Guarujá, xingamentos saindo do corpo sujo de areia e sangue, os cabelos escorridos. Em seguida, a tia Ilza, rosto transformado, deixava o quarto, sandália de borracha à mão. Como que rugia, e assim deixou logo também o apartamento largando a sandália na varandinha de pastilhas cor de vinho, como se fosse para deixar secar-se ao sol a arma do crime, sem olhar para trás.

"Entramos depressa no quarto, a Laura derramada no chão escondia os olhos, as mãos entre o rosto e o carpete verde-musgo, toda empapada de areia, e soluçava, era uma pessoa dois anos mais velha do que eu (você dançou com ela bastante nos bailinhos de aniversário da nossa rua, lembra, Luca?), estava ali derrotada. A Miriam enfiou dois dedos na boca, aflita, parecia querer vomitar. Pensei em buscar alguma coisa, um copo de água na cozinha, uma toalha no lavabo, um travesseiro no armário, mas só pensei: a Laura se levantou bruscamente esfregando os olhos, daquele modo mesmo esbugalhados, e olhou para mim. Era aquilo, então, o sofrimento?

"Ela não me disse nada mas era como se estivesse me acusando 'você não fez nada para me salvar, seu idiota'. Eu me desculpei logo dizendo 'a gente tentou abrir a porta mas estava trancada, papai tá viajando, os vizinhos não estão...'. Ela com certeza estava me julgando e eu, em seguida, já havia me condenado.

"E no entanto foi a Laura quem nos ensinou a mexer a língua dentro da boca, você se lembra? A fazer mesmo misérias com essas línguas dentro da boca, secretamente, boca fechada, sem que ninguém perceba o que você está fazendo, segredo sempre renovado, em qualquer lugar, a qualquer hora, na frente de qualquer pessoa, no escuro ou no claro, na sala de aula, na frente dos pais, você fazendo o que quiser com a sua língua, como um pequeno animal solto mas domesticado sob o seu controle, secretamente, para cima e para baixo, com suavidade entre os dentes. E ensinou a gente a ficar assim durante horas se fosse preciso, nesse movimento, como fiz em uma de minhas primeiras condenações, sempre notícia ruim, por aquele furto infeliz de uma camiseta de um time de futebol de várzea. A fuga inócua e desesperada, encerrada trezentos metros além do limite do vestiário por três homens enormes. Como eram enormes e fortes aqueles homens, Luca; eram, naquele instante, os homens mais poderosos do mundo, pode estar certo disso. Tapas e caçoadas então sobre o menino assustado, que largara a camiseta alviverde no meio da corrida e em vão se desculpava. Arrastado de volta ao campo de terra batida, era aquele campo mais próximo da avenida, onde de vez em quando se armavam alguns circos, onde a gente costumava jogar bola quando os adultos não estavam lá, você se lembra, onde todos me chamavam de 'alemão' – passa a bola, alemão, vai lá, alemão, derruba o alemão! –, só porque era eu o mais loiro e mais claro, era sempre assim, então naquele dia, na parte da manhã, 'lincha, tira a roupa dele, descasca esse alemão de merda, dá uma lição nele', assim a voz ameaçava e fazia o pavor se exacerbar num pequeno corpo trancado no centro daquele círculo de homens grandes de água na boca que se formara atrás de uma das traves. Documento? Só a carteirinha do meu clube, era a Hebraica, você se lembra?, com o retrato três por quatro de um garotinho de olhos velados, um ser ali indefeso remexendo a língua de forma circular dentro da boca, era eu naquele descaminho. 'Some, cai fora e não volta nunca mais aqui.' No fim, poupado fisicamente, nada mais do que um humilhante pontapé no traseiro. Mas o menino estava só. E depois, ainda só, recolhido dentro do quarto por horas e horas, como um amigo do Mal, secretamente. Por que eu escondi isso de você, Luca?

"A Laura, a Laura sempre soube de tudo, admito agora, embora então eu sequer desconfiasse. Pois ela estava sempre espiando, ali, de olho aberto, fingindo dormir na cama sob o edredom cor-de-rosa, como o de Miriam, quando eu escalava meu paraíso, Luca. Eram as noites em que os nossos pais saíam e voltavam tarde. Eu me precipitava, deslizando pelo corredor, apenas de cuecas, e mergulhava lentamente no sofá de couro em que nossa empregada dormia perto das camas delas, e o calor, a sua pele negra e lisa, seu cheiro forte e excitante, ela fingia dormir também, passiva e querida, elegantemente submissa no seu fofo penhoar de botões enormes, fáceis de abrir, deixava minhas mãos infantis percorrerem todas as partes, pacientemente aguentava até mesmo o meu peso razoável de garoto bem nutrido, ali ativo e inexperiente sobre o seu corpo, meus movimentos um tanto desajeitados mas incessantes na busca de seus pelos de juventude total, seus seios tocados e apreciados, aí sim era a vida, a completude que o meu corpo desmazelado não era ainda capaz de encontrar por si só; devia fazer todas as vezes muito barulho ali, naquele sofá amigo, Luca, mas nem me dava conta, ou ainda, mais barulho ainda, com certeza, ao retornar depois às pressas, satisfeito e manchado, sempre com medo de um flagrante, mas feliz, para a minha cama. Ou sonhando com a espuma ainda morna que deslizaria até os meus pés descalços depois de passar por debaixo da porta quando ela tomasse banho no dia seguinte, como um líquido saído do seu corpo nobre de rapariga, corpo que desejei durante tanto tempo e que me propiciou, na sua inteligência de pequena mulher, os gemidos quase inaudíveis do prazer mais intenso, se você soubesse, de lembranças, de gozo, admiráveis, esse o meu ingênuo delírio e o nosso segredo, meu e dela, inconfessável para nós mesmos à luz do dia mas tantas noites repetido, Luca, essas sim noites de pureza, se você me permite a palavra gasta, até que ela foi mandada embora, triste, desaparecido para sempre, para minha desonra, o seu sorriso belo e repleto de brilho.

"O pior: escondo ainda hoje coisas de você. Mas nós vamos superar isso juntos, tenho certeza. Você vai me ajudar, Luca. A febre volta a cobrir o quarto, névoa espessa através da qual posso vislumbrar, ao fechar dos olhos, pela varanda de um hotel, algumas pessoas que aos poucos se definem, e está então minha mulher na piscina em busca de sol, de biquíni, a mulher que eu amo, que me deu as filhas que amo, minhas duas filhas pequenas que exalam, como se diz, os meus mais belos sonhos, e que não posso acreditar sejam crias minhas. Pois é, meu amigo, sou hoje um homem casado, com duas filhas, Luca. Dessa cabeça suja vejo pela varanda que um homem musculoso malha próximo à minha mulher, Rebeca, aquela que amo e que me ama e que se chama Rebeca e que está olhando para ele.

"Minha cabeça sempre suja, meu olhar infantil e impotente cruzando de súbito, numa fração de segundo, o olhar metálico e esgazeado do sorveteiro naquele mesmo fim de tarde no Guarujá à beira-mar, em que ele desliza a língua vermelha e grande – mais que órgão, um ser, autônomo, volumoso e ágil – pelo corpo da Miriam, ajoelhado, dizendo 'é para dar sorte, essa língua é mágica'. Você tem que acreditar, por mais absurdo que possa parecer. Você precisava ter estado lá, você certamente teria evitado tudo o que aconteceu, Luca. Minha irmã sentia como cócegas e eu achei estranho, mas tinha dez anos naquelas férias na praia, meus pais viajando e minha tia – desalmada – acabara de surrar a Laura no apartamento de veraneio. A língua do sorveteiro subia e descia, Luca, pode acreditar, deslizava salgada, passava um pouco por toda parte, e nesses olhares cruzados, nessa fração de segundo, ele, o sorveteiro, me julgou, e eu, então, já havia me condenado mais uma vez, ali, na praia praticamente vazia, minha irmã menor sentiu uma espécie de cócega maior e comecei a construir um castelo de areia úmida.

"A Laura mandara que fôssemos embora do apartamento para que ela pudesse ficar sozinha, seus cabelos escorridos depois da imensa berraria. Nada resisti – pobre verbo, cuja vivência desconheço, Luca. Não sei se ela tinha algum plano, quer dizer, não soube na ocasião, mas depois foi fácil perceber que havia de fato um plano, exequível, sem freios através da varandinha de minúsculas pastilhas cor de vinho onde costumávamos colocar nossas roupas de banho para secar. O zelador foi quem a encontrou embaixo, cabeça rachada no jardim, os cabelos escorridos imundos, envoltos numa mistura de terra e sangue. Você pode não acreditar, Luca. Então procure os jornais da época. Você verá.

"O Bem era a nossa paisagem inevitável, de 360 graus ao abrir dos olhos, inesgotável, e nada poderia, por essa razão, derrotá-lo. A não ser os olhos fechados para sempre. Diziam para a gente que os bons não morrem, apenas adormecem para sempre, não é verdade? O Bem eram as nossas festas de aniversário, com todos os vizinhos da rua e os colegas da escola convidados; um passeio na Cidade Universitária com o cachorro a tiracolo. Todos os domingos o Bem nos acompanharia no mesmo restaurante de classe média, sem muito luxo, como o apartamento do Guarujá, e estaria também no sorvete de sobremesa, chupado lentamente pelas laterais, sem deixar cair nenhuma gota branca. Era a afeição mais pura.

"Agora me explique, Luca: como poderia o Mal, como poderiam a aversão e a indiferença mais agressiva, como tudo isso poderia encontrar terreno aí para se fixar, no comezinho dia a dia, por exemplo na nudez inocente do nosso grupo de meninos curiosos dentro do banheiro da minha casa, procurando cada um seus respectivos buracos como quem busca um ralo? Mas assim foi, não foi?

"Estou te procurando há anos, Luca. Você não conheceu Juan. Ele veio depois. Mas talvez valha a pena contar algo sobre ele também. Talvez...

"Posso compreender, imagino, por que você não quis mais uma água na cafeteria do shopping. Só eu estava falando, Luca, mas a sua boca também parecia estar seca. Eu estava confuso. Por que nossa conversa não pôde ser, na verdade, sobre você e seus problemas, seu desemprego, seu gesto louco, seu olhar vazio?

"Ninguém jamais deu o drible da vaca, na época chamávamos de meia-lua, como você! Ninguém batia figurinha como você, Luca! Você foi o primeiro a completar o álbum Coisas Nossas, aquele que tinha um escoteiro de figurinha carimbada, era a figura mais difícil, não era? Você foi a primeira pessoa que conheci de perto carregando uma caneta-tinteiro. Era uma Compactor iron point, corpo azul e tinta azul também. E tua letra, Luca, tua letra era de um capricho imenso. Porque você sempre estudou no Dante Alighieri, certo? Era uma coisa rígida, uniforme sempre impecável. Agora me lembro que talvez você tenha passado antes pelo Luís de Camões, que era mais próximo das nossas casas. De qualquer maneira, não era o meu mundo, mas era uma coisa que impunha respeito. Na escola, o Bem era para você algo que se mostrava através das notas boas, as melhores em diversas matérias até, principalmente aquelas que exigiam do menino paciência, dedicação solitária. Embora em instituições completamente diferentes, éramos ótimos alunos, e isso nos aproximava, penso agora.

"Tínhamos, por isso, algumas folgas nos finais de semana. Certa vez, você deve se lembrar, fomos ao sítio do meu tio Álvaro, o careca. Ele tinha um cachorro horrível, magrelo, que estava vendo meu tio fumar cachimbo, baforadas e baforadas e o cão ao seu lado buscando entender o surgimento da fumaça. Foi quando a Miriam, 'droga, droga', derrubou a garrafa de vinho no tapete. Nós todos nos agrupamos para tentar limpar aquilo ao pé do tio, que ficou impassível, como se nada tivesse percebido, numa ausência proposital, como quem condena pelo silêncio, assim eu senti a sua pose distante, de gordas pernas cruzadas e o cachimbo encaixado na mão, condenando-nos, a todos, você inclusive, agachados sobre o tapete ao lado do cachorro, como minha mãe em casa. Na minha escola, usávamos guarda-pó sobre o uniforme azul, branco e amarelo. Na sua, não sei mais.

"'O peixinho vai comer eu?' 'Papai Noel vai trazer presente pra mim?'

"Ninguém sabia tirar o brucutu dos carros como você, com a rapidez e a agilidade de um expert, para depois fazermos anéis e vendermos em nossa banquinha na calçada, você se lembra, Luca? Hércules, o palhaço Arrelia, Bonanza, Os Três Patetas, Fúria, Flipper, o Sítio do Picapau Amarelo e o futebol dente de leite, tudo em branco e preto na televisão, você se lembra, Luca? 'É bola, bola, é bola no barbante, vai Palmeiras, sempre adiante, levando todo mundo de arrastão, 66 periquito é campeão!', você se lembra desse disquinho, Luca?

"Você desaparecia e eu aos poucos aprendia a passar uma plaina preventivamente nas minhas ações 'públicas', enquanto farpas e arestas teimosamente se pronunciavam nos meus descaminhos secretos. Era talvez isso que fazia sentir-me condenado em permanência por atos que às vezes nem chegava a cometer; de pensar em certas coisas, já sozinho me castigava, e me escondia.

"Você testemunhou minha índole pacífica, desde sempre, não é certo? Afinal, não fui eu quem esmagou a cabeça do filhote de gato naquele terreno baldio perto de casa! Foi o guarda-noturno, como todos vimos, querendo mostrar coragem e força para o nosso círculo de garotos assustados. Esmagar a cabeça de um gatinho até a morte com uma bota enorme, não foi difícil para o guarda, aquele homenzarrão de uniforme marrom-escuro, numa só tacada, mas cada um de nós, assim pelo menos me pareceu durante dias e dias, sentiu-se responsável pelo ocorrido, pequeno assassino de animais. Eu, pelo menos, nada contei em casa. Você contou, Luca? O guarda-noturno era de fato corajoso, e malvado também. A cabeça do gato ficou toda esmagada no terreno baldio, onde até os meninos maiores, que nos intimidavam sempre e não deixavam que andássemos de bicicleta nos lugares mais adequados, até mesmo aqueles idiotas mais velhos ficaram de olhos abertos como se tivessem sido imobilizados para sofrer uma cirurgia, assim foi naquele episódio do terreno abandonado, que era onde o guarda-noturno tinha uma espécie de guarita, muito pequena, não mais que um metro quadrado, na qual ninguém tinha permissão para entrar e que ele devia usar também como mictório – eu achava isso por causa do cheiro que de lá saía.

"Eu ainda acreditava naquelas palavras do papelzinho amarelo que uma pequena maritaca de realejo furou para mim no campo de futebol de várzea; elas diziam 'tua infância cheia de venturas para teus pais decorrerá sempre na maior felicidade da boa vontade de teus professores que na escola farás inveja aos teus colegas, quando cresceres teu futuro será brilhante, serás feliz nos teus negócios, o teu casamento fará a tua felicidade', assim dizia aquele papelzinho que não esqueço, Luca, 'nasceste sob a influência de uma boa estrela, a qual te iluminará sempre na trajetória de tua vida, serás inteligente na escola e em todas as tuas atividades'. Veja só o que era então: 'teus pais têm orgulho em mostrar tuas qualidades admiráveis! Não causarás o menor desgosto aos teus progenitores e eles te premiarão com seu amor infinito' (o amor infinito, Luca!). Era esse o meu destino...

"Peço que você acredite em mim: daquela vez no Guarujá, eu insistira para que Laura descesse conosco à praia, seria melhor para ela depois daquela surra. Mas com certeza não fui enfático o bastante, e então aconteceu tudo o que aconteceu – na praia e no apartamento –, de forma tão cabal que o pronto-socorro sequer aceitou receber o corpo, não havia nenhuma salvação, relatou o zelador à tia Ilza mais à noite, pouco antes de Miriam me perguntar, sentados os dois no sofá de couro cor de mostarda com a TV ligada, por que o sorveteiro tinha feito aquela lambuzada toda em cima do corpo dela na praia. Fiquei calado, de olho nas imagens da TV. Achava que não tinha visto nem entendido nada de tudo o que acabava de acontecer. Mas era porque, na verdade, tinha entendido tudo, Luca. Tinha entendido tudo, porque assim são as crianças no seu sofrimento, Luca. Em pleno Guarujá, pois então, aquela cidade feita para o recreio, aquela lá mesma, a cidade de praias e de sol, este foi o meu inferno; eu, o desonrado, que nunca acreditei em Céu, Inferno e Purgatório.

"A tia Ilza estava de óculos escuros embora fosse noite e tentava falar com os meus pais pelo telefone azul-claro. Depois, encomendou para alguém um caixão branco.

"Mas de *minimis non curat lex*, Luca. A lei não se ocupa das coisas menores, você sabia? Por isso, se você acredita em mim, Luca, então poderei fazer a tua defesa."

4

A altivez principesca e descontraída, aquela pose de ginasta em marcha, tudo isso desaparecera, substituído por um olhar derretido, a barba liberada e um andar fleumático, quase um rastejo, na verdade. Apenas o terno conservava a solidez de antes, e o brilho do sapato ainda resistia; mas até mesmo o gel dos cabelos estava ausente. Assim Goldstein reapareceu no escritório, depois de três dias de "folga".

Esteve o tempo todo quieto e frio. Não com a frieza profissional que eu mesmo costumava transmitir de propósito às pessoas com quem conversava no nosso local de trabalho, mas uma rigidez desproporcional, de quem, debilitado após dias de lamentação, guarda ainda um luto profundo e sincero pela morte de algum parente ou de alguma pessoa muito querida. Chocado com essa sua mudança, preferi não pedir-lhe satisfação alguma pelos dias de ausência; seria falta de delicadeza ou de educação. Na minha sala, após um café servido por Sandra em nossa bandeja de prata – o meu sócio ainda sem olhar nos meus olhos –, passamos a conversar sobre a defesa de Luca Pasquali.

Para minha surpresa, a primeira frase de Goldstein saiu-lhe da boca pausadamente, quase inaudível, para me dizer que eu deveria assumir o caso em caráter oficial, em nome do escritório. Por mais que tentasse raciocinar com distanciamento, ele ainda não tinha, e o admitiu quase zarolho de tão perdido, nenhuma condição psicológica de fazê-lo. Além disso, não queria discutir a questão dos honorários com a família do acusado – essa tarefa, sempre delicada, ficaria a meu critério. Pediu em seguida que, ao menos nessa primeira reunião, não entrássemos em detalhes, ele ainda teria dificuldades para falar sobre Pasquali e poderia transmitir a mim impressões equivocadas a respeito do caso. Respeitei a sua vontade.

Assim, de imediato – e a reunião não durou, por isso, mais do que cinco minutos –, não havia outra saída para mim senão convencer os Pasquali a nos aceitarem como advogados e marcar logo uma entrevista, a sós, com o próprio Luca. Ambos de acordo, Goldstein comunicou que viera ao escritório nessa manhã apenas para aquela reunião e que já estava então de saída, sem previsão de retorno para o mesmo dia. Como se tratava de uma quinta-feira, presumi acertadamente: ele também não aparecerá amanhã e portanto nos veremos de novo somente depois do final de semana. Aquilo tudo parecia cada vez mais uma estratégia traçada por ele com meticulosidade para ficar mesmo de fora, em termos formais, do caso de Luca Pasquali.

Sandra localizou Pasquali no mesmo dia, na casa dos pais, e ali foi marcado, para a tarde do dia seguinte, o nosso primeiro encontro. Tínhamos pressa, é lógico, pois ele poderia ser preso a qualquer momento e isso não nos interessava. Só fiz uma exigência: além de nós dois, ninguém mais deveria estar presente. Ainda ao telefone, Pasquali ofereceu-se então para vir ao escritório, mas não achei conveniente.

Conduzido pela irmã de Luca, Rosângela, dirigi-me a uma pequena sala de estar, decorada com carpete marrom, duas poltronas de couro preto, uma em frente à outra, o sofá correspondente fazendo o jogo, e uma mesa redonda de centro, de madeira escura, sustentando um cinzeiro e um vaso de flores vazio sobre um pano de renda adamascado. Em todo o trajeto até ali, passando pelos diversos cômodos, não notei nenhuma mesa de fórmica branca, nenhum tapete preto e vermelho, não topei com nenhum Jesus Cristo na parede, nenhuma gravura emoldurada. Ou seja, não vi nada daquilo que Goldstein afirmava, em seu arquivo, ter reencontrado na velha casa quando teve sua conversa com Rosângela (claro, até então eu não tinha ainda lido aquelas suas palavras, mas agora, depois de tudo, é imprescindível expor esse desencontro).

Rosângela ofereceu-me água, café e bolachas com recheio de chocolate. Aceitei por educação, só para evitar constrangimento, pois não tinha fome, enquanto Luca Pasquali surgia descendo uma escada estreita, com passos decididos. Parecia ter tomado um choque de sais minerais e vitaminas, vinha como se adentrasse um baile, chegando a sorrir ao meu encontro, apesar da evidente tensão de sua irmã.

Respeitando o nosso acordo, ele pediu para Rosângela se retirar depois de servir o café e sentou-se na poltrona em frente à que eu estava, dando com isso um sinal inequívoco: estava pronto, a reunião já podia ser iniciada. Espantaram-me, nesse instante, a sua determinação, a sua tranquilidade e a maneira relaxada de se encaixar na poltrona, como quem recebe uma visita para um bate-papo inconsequente de domingo, e não para uma entrevista que deveria definir a estratégia de defesa de um acusado de assassinato!

Com as mãos trêmulas, Rosângela colocou sobre a mesa de centro uma bandeja de plástico com uma xícara de café, um copo com água e um pires com quatro bolachas. Agradeci e, enquanto ela se retirava, bebi o café em apenas três goles, observado por Pasquali. Seguiram-se alguns segundos de silêncio. Sem saber o que fazer, comi uma bolacha, depois acendi um cigarro oferecendo outro a ele, que recusou e antes que eu dissesse qualquer coisa, desandou a falar, só parando meia hora depois, quando o cinzeiro já acomodava três bitucas de cigarro – todas utilizadas, evidentemente, por mim.

Passo, pois, à transcrição do que foi contado por Luca Pasquali naquele dia:

Tarde chuvosa, seis horas, a noite se precipita. Pasquali está na alfaiataria e camisaria do pai, onde passa a maior parte dos dias desde que foi demitido de uma fábrica de malhas após seis meses de serviço. Como trabalhador-auxiliar e transitório, sua função na alfaiataria é supervisionar o movimento do caixa, o setor de pacotes – há também uma seção de roupas prontas expostas em duas vitrines pequenas – e a limpeza de tudo. Não é tarefa complicada, convenhamos, pois a loja é de porte médio, mas Pasquali, para surpresa do próprio pai, já se desentendera com os funcionários várias vezes, em especial com um caixa, por causa de registros a seu ver malfeitos e nefastos para a contabilidade da pequena empresa.

O pai de Luca toma o último café do dia no bar da esquina, onde mantém uma conta-corrente. Pasquali e o caixa, chamado Antônio, iniciam mais uma de suas discussões, e é quando o filho do alfaiate acerta no empregado um soco que lhe faz sangrar a própria mão, sendo o caixa socorrido por uma faxineira que mais berra do que ajuda. Outros funcionários se aproximam, a cólera nos olhos, para reerguer Antônio e deitá-lo, quase desacordado, sobre um balcão. A faxineira deixa a loja em direção ao bar.

Assustado, o corpo enrijecido pela raiva e sem aguardar o pai, Luca Pasquali decide ir para casa a pé – são apenas seis quarteirões mas ele normalmente tomava um ônibus –, ali chegando então ensopado pela chuva. Na sala, já informada da briga na alfaiataria por intermédio de um telefonema do sogro, Aurora recebe-o com xingamentos, responsabiliza o marido pelo incidente, cobra dele uma postura de gente normal. "Você não tem jeito, você não para em lugar algum, você não tem futuro, assim será sempre impossível viver", exclamações banais, ditas a ele já tantas vezes, entoadas como orações, salmos clamando pela chegada de algum ser superior capaz de virar pelo avesso aquela alma desbotada, oração invocada por Aurora repetidamente em vão há vários meses, mas aos berros dessa vez, Aurora e sua voz cheia de relinchos, mais incisiva do que nunca, cisca pela sala, seus brados toscos disputam a graça do ar com a voz de um locutor de telejornal. Pasquali me disse que ela tinha uma faca de cozinha na mão, ele não podia afirmar com toda certeza, mas era noventa e nove por cento, ela tinha naquela hora uma faca de cozinha na mão, ele disse.

 Ele então se faz de surdo e, ainda encharcado, vai até a cozinha. De volta à sala, parte para cima de Aurora, berrando ele também, "repete, repete o que você falou, repete, sua vaca". Mas ele não quer que ela repita nada, essa é a verdade. Uma faca de cortar carne na mão direita, a laser, de cabo preto, ele quer mais é que a mulher cale a boca e por isso apaga a luz da sala, enfia depois a sua mão esquerda, mão de homem adulto, espalmada, enfia essa mão inteira no rosto dela, jogando-a para trás, de encontro a uma parede; dá-lhe um pontapé no ventre, Aurora cai no chão da sala ao lado de uma cristaleira, perto da porta de entrada.

 Pasquali torna a gritar, "repete, repete o que você disse, sua vaca", vê a faca e seu cabo preto se expandindo na semiescuridão da sala – só criam cor a luz da TV e a da rua, que entra tímida pela cortina branca de *voile* –, a faca se agiganta aos seus olhos, como se, metal de repente elástico, obedecesse a um comando da sua voz. Calada, a boca aberta, de pavor e dor e ódio, a mulher tenta se reerguer, os olhos deformados, apoia-se na cristaleira, que não resiste e vai ao chão. A essa altura, a faca que ela trazia na mão decerto já teria voado longe, mas Pasquali avança ainda mais decidido sobre ela e, emitindo um berro animalesco, um longo berro choroso e como que enferrujado, enfia a faca bem entre os seios, retorce a lâmina com dificuldade mas de forma certeira no corpo de Aurora, gesto tão definitivo que o faz ao mesmo tempo despertar dessa espécie de transe, mas gesto entretanto já cumprido e sem retorno; agora, abraçado a ela ele fica alguns momentos, abraçado sem chorar, os olhos fechados, atado à mulher, ao sangue e à faca.

 Fugitivo do sono, com muito esforço Pasquali arranca a faca do corpo de Aurora e vai lavá-la na pia da cozinha. Lava também o seu rosto e as mãos e depois telefona para a casa dos pais, onde sabe que encontrará Rosângela. "Matei a Aurora", ele diz, secamente, a voz também quase morrendo, "por favor, por favor, vem aqui me ajudar." Quando a irmã chega, o corpo da morta ainda está quente, contorcido ao lado da cristaleira, e Pasquali dorme encolhido na poltrona em que eu me sentava agora ouvindo o seu relato.

 Pasquali disse que poderia ter "feito a gravata" na mulher, assim ele se exprimia, degolando-a e passando em seguida a língua da morta através de um buraco aberto na garganta para deixá-la (a língua) pendurada – pensou mesmo em adotar esse ritual grotesco visto uma vez num filme macabro de televisão. Mas não, preferiu o brilho da faca absorvendo-se entre os seios fragilizados da mulher e, no decorrer do ato, sentir-se um animal disforme, ele dizia, a correr no meio de uma floresta em busca de caça e luz. Disse também, e aí me espantei mais ainda, ter tido naqueles instantes de transe a presença de Goldstein a seu lado, dir-se-ia uma terceira mão cúmplice no assassinato. Ao cravar a faca de cozinha no peito de Aurora, disse Pasquali, veio-lhe, como estímulo, a imagem de Goldstein esmagando um gato com o pé direito num matagal quando eram meninos. E logo outras visões de violência, praticada segundo ele pelo mesmo Goldstein, garoto sádico e corajoso, imagens interpondo-se, coladas umas às outras num horroroso mosaico, ali, pressão externa a instigar o ato sem retorno, uma presença entre ele, Pasquali, e sua mulher, a quieta vítima Aurora; e depois outras tantas imagens – Goldstein a triturar ratos no meio-fio com chaves de fenda, por exemplo –, imagens que acabavam por transformar meu sócio no verdadeiro demente, uma espécie de monstro, um nanico sanguinário à solta, cuja presença ativa, embora não física, alimentara sem cessar, eu deduzi, a ira de Pasquali.

Rosângela estaciona seu carro dentro da garagem da casa de Luca e os dois enfiam a mulher no porta-malas. Andam por mais de uma hora em direções as mais variadas, procurando um terreno onde despejá-la. Não trocam sequer uma palavra durante todo esse tempo. Rosângela liga o rádio, que disputa a primazia de ruído com as freadas bruscas e as aceleradas aflitas cometidas por ela. Finalmente, param o carro nas proximidades de um matagal em Parelheiros, na zona sul da cidade – a essa hora o lusco-fusco já se desfez, está escura a rua de terra onde se enfiam e basta deixar o corpo por lá.

Uma vez em casa, andando de um lado para o outro na sala bagunçada, as mãos puxando os próprios cabelos, Luca diz que vai telefonar para o sogro, contar o que fizeram e se entregar depois para a polícia. Mas Rosângela, pesando de outro modo as consequências, sugere que o irmão não faça nada disso, que deixe passarem algumas horas e depois telefone ao sogro perguntando pela mulher, dando a entender, portanto, que ela desaparecera. Ao final, muda de ideia e convence o irmão a viajar para Santos, onde deveria ficar no mínimo dois dias, a fim de evitar qualquer flagrante.

A mim, Pasquali apenas disse, pensativo, com o olhar perdido na cortina branca da sala de seus pais e já sem qualquer sorriso: "Não sei se essa foi a maneira mais certa de matar uma mulher." E me perguntou, em seguida, agressivo e exaltado: "Mas quem disse que eu tenho que amar alguém?"

Fiquei calado quando Pasquali acabou de falar. Era como se as suas palavras tivessem me invadido com soberania, ocupando no cérebro o lugar das minhas. Houve então um novo silêncio. Embora sua pose, já refeita, continuasse a mesma – a guiar-se por ela, parecia ter contado uma piada ou um conto de fadas numa roda de crianças –, seus olhos brilhavam mais do que no começo, dilatados, provocando-me, constrangedores, indisfarçadamente. Esmaguei no cinzeiro o terceiro cigarro e me ergui, decidido mas zonzo, como quem acaba de desligar um videogame depois de doze horas seguidas com um *joystick* na mão. "Não saia de casa", disse apenas essas palavras a Pasquali, enquanto me dirigia à porta da sala. "Estarei aqui", ele respondeu, ainda sentado e frio, o olhar já desativado, observando, assim me parecia, as três bitucas de cigarro esmagadas por mim dentro do cinzeiro, ao lado da bandeja de plástico, suas bolachas e seu copo com água.

Fechei a porta com força, não sei por que estava tão apressado, aí atravessei um minúsculo jardim, poderia dizer um resto de jardim, e saí para a rua, a mesma rua estreita de paralelepípedos tantas vezes pisada e atravessada por Goldstein durante sua infância.

5

Tornei-me desde cedo uma dessas pessoas embotadas que não acreditam na existência do amor platônico. Por mais que se reprima ou seja reprimida, talvez até mesmo em razão disso, a monja recolhida que ama em segredo algum mancebo sente sempre o sexo a vibrar entre as suas vontades – ou entre as pernas, para ser mais preciso (perdoo-me a vulgaridade!). Não pode ser diferente; nem para ela nem para ninguém. E isso, sei hoje, nada tem de mau, pois nenhum sentimento existe como fenômeno isolado. O amor, sim, o amor, aquele negócio nem sempre lucrativo, mas sempre contagioso e belo chamado amor, para ser real, não prescinde de seu lado sujo – feito o próprio corpo humano, capaz de sobreviver justamente porque produz excrementos, suores e secreções. Todos sabem que sem os seus esgotos a cidade se empesteia, que o lixo é a outra face do glamour, e assim por diante. A existência é feita desses intercâmbios, desse humor flutuante, não é certo? E no entanto, apesar de tudo isso, apesar de considerar evidentes essas poucas, arriscadas e nada originais ideias, sou obrigado agora a perguntar a mim mesmo, em um quase lamento, o seguinte: de que vale uma concepção assim, que acho bastante saudável, bem bordada e positiva – ao menos me prepara a todo instante para contornar as inevitáveis desilusões –, se a mulher que amei por tanto tempo, e por isso desejei em carne e osso por tanto tempo, acreditava exatamente no contrário, ou seja, que só o platônico pode existir como um amor real?

Pois foi este o impasse a que cheguei ao procurar os parentes de Goldstein para, tentando entender o seu sumiço do escritório, conferir as declarações, eu diria acusatórias, feitas a mim por Luca Pasquali a seu respeito.

A única pessoa próxima de Goldstein de quem eu tinha alguma referência era sua mulher, Rebeca. Quando lhe telefonei, senti pela sua voz tremida que ela vivia o desnorteio integral: não o via há dias, Márcio deixara apenas um bilhete por debaixo da porta do apartamento, dizendo que ia viajar mas sem esclarecer para onde nem por quanto tempo. Propus a ela conversarmos no escritório, eu precisava de informações, era imperativo ao menos trocarmos algumas ideias, expliquei. Marcamos um horário no mesmo dia, e tão grave me parecia a situação que tomei uma atitude inédita: dispensei Sandra mais cedo, na verdade mandei-a embora logo do escritório, inventando uma desculpa qualquer.

Ao abrir a porta para que ela entrasse, minha primeira sensação foi de se tratar de um engano. Rebeca era miúda por inteiro: pouco mais de um metro e meio de altura, cabeça de diâmetro reduzido e levemente achatada, feito maçã, braços pequenos, os cabelos loiros e ondulados em desalinho sobre os ombros estreitos, diria uma pessoa quase sem cintura, de pernas finas e curtas, a mão direita se afogando na minha quando nos cumprimentamos. Convidei-a para entrar.

Em minha sala, a saia cinza-chumbo até debaixo dos joelhos e a blusa branca de gola olímpica reforçaram em mim, na sua discrição, a impressão surpreendente de que aquela pequena mulher não tinha nada a ver com Goldstein e sua mania de garbo: eu esperava uma loira alta e falante, com excesso de rímel nos cílios, decorada com brincos, broches e colares, as unhas enormes pintadas com esmalte rubi, esperava alguém de dedos enfeitados com safiras ou esmeraldas num colorido grosseiro, ou ainda uma dama vestida com uma blusa ousadamente decotada e bolsa de couro de jacaré. Admito, entretanto, que não me senti decepcionado. Ao contrário, para as minhas intenções, o contraste entre o esperado e o real foi até gratificante, um problema a menos, pois seria muito mais fácil, haveria menos interferências para a concretização de uma conversa que, afinal, tinha uma meta definida, distante de qualquer envolvimento emocional.

Logo um detalhe me atraiu nessa Rebeca verdadeira, quase uma duende em dificuldade para se ajustar na poltrona de couro de minha sala: na ausência de qualquer maquiagem, dominantes sobre dezenas de minúsculas sardas que conferiam simetria perfeita ao rosto de maçã, seus olhos castanho-claros surgiam ressaltados, enormes, demolidores de tão tristes. Ofereci água e ela aceitou, timidamente.

Em pouco tempo de conversa, durante a qual manteve a boca sempre aberta, na forma de um ovo na horizontal, mesmo quando não falava – expressão involuntária de dor e desespero, raciocinei, um susto incorporado, quase o retrato fotográfico de um tique nervoso –, Rebeca demonstrou total ignorância a respeito da vida do marido. Nos últimos tempos, sua preocupação não era tanto com as atividades profissionais de Goldstein, mas sim com algumas atitudes inusitadas, as horas frequentes de total introspecção, a ausência de casa em momentos imprevistos e até a frieza dele ao lidar com as duas filhas – o que não acontecia no início do casamento. A alternância constante e rápida de estado de ânimo, isso ela não conseguia compreender: num domingo, por exemplo, Goldstein levantara de bom humor e depois de meia hora, como se algum veneno tivesse sido colocado no café, estava já com outra cara, para ficar de novo alegre na hora do almoço e carrancudo – assim ela descrevia, usando a palavra "carrancudo", uma palavra ingênua – pouco depois, quando decidiram dar um passeio no Ibirapuera. E o mais incompreensível nessas atitudes é que ele gostava do Ibirapuera, ela insistiu, de modo aliás dispensável e sem me surpreender, pois muitas vezes eu mesmo fui obrigado por Márcio a vestir um jogging em horário de almoço e sair correndo pelo parque feito um idiota, sem saber por quê. "Obrigação profissional", ele dizia, e me convencia.

Estavam casados há sete anos e se conheciam há oito. Portanto, apenas um ano de namoro e direto ao casamento. E logo duas filhas – Goldstein não admitia anticoncepcionais, explicou-me Rebeca, e ela, apesar de pensar diferentemente e ter outros planos (abandonou no meio a faculdade de Medicina), não teve forças para se impor, ou não quis se impor, ela mesma não tinha certeza a respeito. Duas filhas e uma casa para cuidar sem muitos recursos (pouco depois de seu casamento foi que Goldstein e eu decidimos constituir nossa sociedade). Sentada na poltrona, Rebeca não parava de falar de suas desilusões, e assim, ao contrário das expectativas, eu me sentia diante de uma mulher frágil que evidentemente amava o meu sócio mas não sabia com exatidão quem ele era.

Rebeca disse, ainda um exemplo, que Goldstein costumava levar as filhas para andar a cavalo nos finais de semana. Nas últimas duas vezes, porém, quando passaram alguns dias em Campos do Jordão, ele pedira para cavalgar sozinho depois de deixar as crianças no chalé alugado. Da primeira vez, Rebeca estranhou – ele nunca tinha feito isso –, mas não sentiu curiosidade em saber o que o marido buscava com aquilo. Na segunda, mais intrigada, arranjou uma forma de acompanhar o passeio de Goldstein a distância e observou-o, com espanto, parado numa sombra, a acariciar o cavalo – "um pangaré caindo pelas tabelas", ela fez questão de ressaltar, não era um puro-sangue árabe ou manga-larga –, Goldstein então acariciando o cavalo, incessantemente, por mais de quinze minutos, deitado o peito sobre o pescoço do animal. Pose de martírio, Rebeca disse, Goldstein acariciando o pangaré suado, como um ser querido, como se pedisse ao animal que também o acariciasse; e logo então chorava, chorava muito sobre o cavalo, era um esvaecimento. Ela pensou em ir ao encontro do marido, oferecer-lhe algum auxílio, enfim, fazer o seu papel de esposa, como me contou. Mas travou-se. Aos poucos Márcio se reergueu, enxugou os olhos com a manga da camiseta e voltou para o ponto de cavalos, em marcha lenta. Não houvera passeio nem diversão.

À luz desse encontro, estava claro para mim: de Rebeca eu não obteria muitos esclarecimentos sobre Goldstein. É quase uma criança levando seu primeiro grande choque consciente, eu raciocinei dessa forma enquanto me erguia para indicar-lhe que deveríamos finalizar aquela conversa. Solidarizei-me com seu desnorteio – não podia fazer muito mais até então. Ficamos amigos, me parecia, deixando no ar do corredor do prédio a promessa – uma espécie de compromisso de intenções, na verdade – de desfazermos juntos o enxame de incertezas que se formara nas últimas semanas. Como se tivesse reservado o melhor lance para o final, os olhos tristes e grandes ganhando com esforço um pouco de brilho, Rebeca sugeriu-me, já entrando no elevador, procurar a irmã de Márcio, Miriam Goldstein. Não mantinham contato algum, Rebeca só sabia de Miriam o endereço, mas ela, Miriam, teria com certeza muito mais para contar sobre o sócio e o marido "desaparecido".

Homens e mulheres passam anos, décadas até, imaginando qual seria o parceiro ideal para se estabelecer, criar talvez uma família. Fazem de tudo: circulam por festas e bares, fazem jogos, investigam vidas alheias, arriscam-se mutuamente. Quando vão ver, tal como ocorre com as profissões, o parceiro ideal está mesmo ali, ao lado, já há muito tempo, e se revela ao acaso – em um vizinho, em um colega, ou, apesar das regras sociais em contrário, em um parente mais ou menos próximo. Tudo isso é previsível, costumeiro e universal. E assim, falando na verdade meio bestamente, os homens proliferam, não é certo? De minha parte, porém, acho mais estimulante não só detectar esse parceiro em alguém que já se conhecia, mas que esse encontro decisivo se dê em circunstâncias distintas, até mesmo opostas às que propiciaram a revelação inicial. Aí não se trata de vizinhos, portanto, nada de alguém com quem se divide o mesmo ambiente, mas sim do cruzamento inimaginável, da coincidência quase impossível, daquilo com que não se podia contar – esses são os fatores mais contundentes de reforço, pelo menos assim eu aprendi, em qualquer relação.

Dois dias depois do encontro com Rebeca, cheguei a um edifício de apenas três andares, sem elevador. O apartamento de Miriam ficava no último andar. Tive a sorte de justamente naquela hora da tarde um faxineiro trabalhar limpando o hall;

atarefado, nem se incomodou com minha entrada – e em casos como o que eu tinha à mão, é melhor mesmo chegar sem ser anunciado. Alcancei ofegante o terceiro andar, lamentando mais uma vez o fato de não sentir prazer em praticar esportes ou fazer ginástica. Como havia na porta um olho mágico, passei um pente de osso nos cabelos – tenho-os curtos e precocemente grisalhos, fáceis de ajeitar – e aprumei a gravata no colarinho tipo italiano, tudo isso para evitar uma eventual rejeição por causa do meu visual. De lá de dentro vinha um som cristalino, suave, uma música estranha, uma melodia algo gregoriana, parecia um órgão de igreja. Toquei a campainha e logo a música cessou, escurecendo-se em seguida o olho mágico.

Há quem diga que sustos fazem um porco emagrecer. Não sei se isso é verdade, mas a sensação de perder alguns quilos me atingiu em cheio quando a porta do apartamento se abriu, apesar de eu não ser (assim presumo!!) um suíno. Pois quem aparecia à minha frente era nada mais nada menos do que Maura Gonçalves, minha esplendorosa massagista, minha própria massagista, a mulher responsável pelas únicas e poucas horas de relaxamento que conseguira passar havia muitos anos. Não sei qual de nós ficou mais espantado.

"Aqui não é a casa de Miriam Goldstein?", eu gaguejei, enquanto ela me convidava para entrar, cheia de cerimônias, assim como receberia um fiscal da Receita Federal ou um técnico de televisão vindo para fazer um orçamento, "É", respondeu assim, sem mais nada, só um sorriso que achei irônico, a porta já fechada. E logo, como se fosse a dona do apartamento, mais à vontade, ofereceu-me um copo de água, que aceitei tão timidamente quanto Rebeca aceitara o copo de água que ofereci a ela dois dias antes no escritório. O duende sem jeito que Rebeca fora, era eu agora naquele apartamento.

Meu primeiro raciocínio foi achar que Maura e Miriam moravam juntas, talvez fossem até casadas. Nunca imaginara que minha massagista fosse homossexual, muito menos a irmã de meu sócio, e ainda mais as duas, numa coincidência magistral, formando um casal. Isso me causou um mal-estar enquanto aguardava a água, derivado na certa dos meus preconceitos mas não apenas deles, pois contava também o fato de que, para meu deleite, não eram poucas as fantasias saboreadas na minha mente em relação a Maura e suas mãos, mágicas mãos de massagista.

Talvez seja importante afirmar aqui, numa espécie de esclarecimento entre parênteses: Maura não era uma massagista de fachada, dessas que publicam anúncios nos jornais usando a massagem apenas como pretexto para a prostituição. Tinha diplomas de cursos feitos no exterior, em particular nos Estados Unidos e um no Japão até. Sua técnica de massagem era extraordinária, realmente acima da média. Sabia desfazer com rapidez a dureza dos meus músculos, e de modo tão profissional, que decompunha, através da própria massagem, as pequenas alucinações, um tanto depravadas e inconfessáveis, que eu alimentava viciosamente no início de cada sessão. Impunha dessa forma um respeito absoluto pela sua pessoa e pela sua profissão, deixando-me sempre na verdade envergonhado por ainda não conseguir controlar as minhas próprias ilusões, as faíscas remanescentes de uma adolescência, especulo, certamente mal aproveitada. Continuando ainda o parêntese aberto, aproveito para esclarecer que o fato de recorrer a uma massagista não tinha para mim nada a ver com a busca de supostas soluções extraterrenas; não acredito em duendes (apesar de ter comparado Rebeca e eu mesmo a eles por conveniência, digamos, narrativa) nem em astrologia, não quero um guru indiano para me fazer levitar em meditação sobre os problemas da vida idiota que levo há anos, nem busco fórmulas ou ervas para purificar meu corpo. Na minha visão, a massagem é uma força puramente física, concreta e científica, uma interferência apenas compensatória. E assim sempre foi.

Ali, à espera na sala do apartamento, levado provavelmente por um ágil mecanismo de defesa, logo passei a achar que Maura e Miriam deviam ser apenas duas amigas, jovens cheias de viço dividindo um apartamento, e não um casal de lésbicas; seria talvez mais realista pensar assim. Ao mesmo tempo, cansado de considerar-me ingênuo, refleti que não me cabia descartar nenhuma hipótese, razão pela qual procurei ler alguns títulos dos poucos livros que havia numa pequena estante, para ver se davam alguma indicação. Nada de especial, no entanto: todos eram sobre massagem. Assim fiquei, absorvido por essas especulações embaraçosas, até que, de volta à sala, trazendo da cozinha o copo de água, Maura me encarou e disse sorrindo – confesso, lindamente –: "Eu sou Miriam Goldstein."

Não fosse a água, elemento ali providencial, minha palidez besta e súbita seria provavelmente substituída por alguma coisa parecida com um colapso. Sentada numa cadeira de vime, em frente a mim – e só então, por incrível que pareça, notei que ela estava com o pé direito engessado –, explicou-me que usava o pseudônimo – Maura Gonçalves – desde o início da carreira de massagista, há seis anos, por achar seu sobrenome judaico capaz de atrapalhar na conquista de clientes. Tinha na verdade vergonha – sentimento nesse caso, avalio, injustificável, mas enfim... – de ter um nome complicado e, por outro lado, temia discriminações alimentadas pelos colegas concorrentes. Enquanto ouvia essa explicação, não sei por quê, fiquei eu mesmo envergonhado ao me dar conta, de repente, de que aquela mulher conhecia o meu corpo como poucas, meus enormes defeitos de postura e imperfeições de pele, minhas saliências desproporcionais.

Hesitei, atraído por uma beleza agora tão passível de apreciação – ela estava à minha frente, próxima, deliciosamente alcançável, pela primeira vez sem a barreira da relação profissional a interpor-se entre os nossos corpos – e lutando, ao mesmo tempo, para aplacar minha própria vergonha, hesitei em tocar no assunto para o qual eu estava ali. Pensei se não seria o caso de inventar alguma outra história e evitar, assim, o risco de estragar aquilo que, como num filme de cinema, já me parecia poder se transformar numa bela história de amor, surgida de um acaso. Perguntei-lhe o que havia acontecido com a perna. "Bobagem, nada de especial, um escorregão na escada quando voltava com as compras do supermercado", ela disse que inclusive por isso deixara o recado para mim no escritório suspendendo por duas semanas nossas sessões de massagem.

Próxima da janela da sala, notei uma mesa cheia de copos – uns com mais água, outros com menos, mas nenhum vazio. Perguntei a Miriam (Maura) se ela tinha dado uma festa na noite anterior, era uma forma de puxar algum assunto, o que provocou um sorriso maternal no seu rosto. Calmamente, erguendo para cima dos cotovelos as mangas compridas de sua camiseta vermelha – aí pude ver um curativo no seu antebraço direito –, os cabelos negros e longos, lisos, os olhos verdes, enormes e arredondados, os lábios grossos sustentando duas faces delicadas, um corpo de modelo, vivamente proporcional, mancando um pouco mas com charme, esse corpo magro e belo de calça jeans boca de sino caminhou até a mesa e começou a passar as pontas dos dedos nas bordas daqueles copos, com delicadeza.

Harmônica de vidro, ela disse, era esse então o instrumento que soava enquanto eu estava no corredor do prédio antes de tocar a campainha. Agora, Maura (Miriam) o exibia para mim, e através dele, fazia surgir uma música docemente invasiva, extraída numa semimagia daqueles copos que, eu soube depois, eram de puro e caro cristal. Assim como nas massagens, aplicadas com precisão, seus dedos longos transitaram com sapiência, durante vários minutos, sobre as peças frágeis, dedos determinados e inteligentes, de uma leveza paralisante – uma terapia adicional. Ali, ao contrário do que me transmitiram poucos dias antes Rosângela, a irmã de Luca Pasquali, e Rebeca, a mulher de Goldstein, Miriam (Maura) refutava na prática as teorias segundo as quais toda mulher traz a alma triste mesmo na plenitude de suas virtudes. Ali, ela era uma alegria pura, um ser em êxtase naquele concerto particular.

Encerrada a música, ainda de juízo turvo, produzi com timidez um aplauso tolo e solitário, enquanto a massagista retornava à cadeira de vime dizendo, com didatismo, "harmônica de vidro, Paulo, isso aqui se chama harmônica de vidro, um instrumento de muitos séculos, muito popular na Europa da Idade Média". Em seguida, partiu de Maura (Miriam), já reacomodada na poltrona, as pernas cruzadas com elegância apesar do gesso, a pergunta inevitável, direta e mais temida: "Afinal, o que você está fazendo aqui?"

Foi então a sua vez de se desarranjar, remexendo-se nervosa, de uma hora para outra, quando eu disse estar ali para conversar sobre Márcio Goldstein, que vinha a ser não apenas o seu irmão mais velho como também o meu sócio na advocacia. Se a partir dali ela era Miriam Goldstein e não Maura Gonçalves, como para mim já estava aceito e estabelecido, pois eu era, expliquei com certa ironia, o "Camargo" do famoso escritório

"Goldstein & Camargo". Portanto, surpresas para todos os gostos, era evidente, uma atrás da outra, naquele fim de tarde, dentro do pequeno apartamento.

Contei-lhe o que sabia sobre a situação de Goldstein, seu comportamento irregular em casa, o abandono do escritório, acrescentando que, para mim, isso tudo devia ter alguma relação muito forte com o caso Luca Pasquali. Miriam ignorava esses acontecimentos e não se mostrou chocada com o relato do assassinato cometido por Pasquali. Ao contrário, quase o esqueceu em seguida, preferindo deter-se no problema do seu irmão, a quem chamava de "porco-espinho", com uma ênfase quase maligna na primeira parte dessa palavra composta. Então, enquanto começava a falar de Márcio, uma estranha metamorfose passou a acontecer naquela mulher: a delicadeza de suas mãos, a tranquilidade dos olhos, os movimentos soltos de pouco antes davam lugar a gestos de uma criatura raivosa, a roer unhas, remexendo-se na poltrona como se eu a estivesse acusando de algum delito. Seus olhos cresceram muito.

Desde muitos anos, desde garoto, disse Miriam com as mãos entrelaçadas, Márcio vinha se afastando da família de forma deliberada. "Ele cospe em todos os pratos que come", ela disse, na verdade vociferou, xingou o irmão com essas palavras. A vida de Goldstein fora desde sempre uma rixa permanente entre ele e todos os outros. O sossego era sempre limitado, em qualquer circunstância. Parasita, imaturo, assim ela classificava Márcio logo de início. No dia de seu *bar mitzvah*, por exemplo, aos treze anos de idade portanto, logo após a grande e esperada festa, custeada com milhares de dólares economizados pelos pais durante anos, Goldstein se trancou no quarto, jogando pela janela diversos dos presentes recebidos ao longo do dia, sem dar explicações. Aquele era no entanto um dia muito especial para seus pais, contou-me Miriam, para toda a família com certeza, e no entanto Márcio se comportara como um imbecil ingrato, com uma reação doentia, enfim. Para ela, foi portanto correta a atitude do pai de abrir a porta do quarto com a chave sobressalente, depois de aguardar horas em vão que Márcio o fizesse espontaneamente, e dar uma surra no filho, usando como arma a cinta vestida na grande festa, uma surra bíblica, no próprio dia em que este atingia, pelo menos teoricamente, a sua maioridade religiosa; dia inesquecível para ela, maldito dia iniciado em festa e encerrado com um verdadeiro desastre.

Goldstein não gostava da própria família, detestava a própria família, essa era a realidade, gostava apenas dos amigos da rua e dos colegas da escola, Miriam dizia isso velozmente, as palavras atropelando-se umas às outras. Nas vezes em que ela quebrou a perna, e por coincidência foram cinco ao total, todas na mesma perna, Márcio nunca foi visitá-la, com exceção desta última, por razões que não conseguia entender e que talvez tivessem a ver com o caso Pasquali. Quando tinham atividades comuns, com grupos diversos, de meninas e meninos, na CIP (a Congregação Israelita Paulista, aonde seus pais mandavam os filhos para obter, em tese, ela me explicou, alguma convivência social judaica), Goldstein era o primeiro a tomar atitudes que a marginalizavam, o pulha, para ela ele era isso, ele quase escrachava com a irmã na frente de todos, assim me disse Miriam, tratando-a como inimiga, esforçando-se por isolá-la das demais crianças. E no entanto, ela, Miriam, dera apoio a ele em muitas ocasiões embaraçosas, dentro ou fora de casa. Dera apoio a ele quando os pais o flagraram deitado no sofá de couro da sala de televisão com a empregada num sábado à noite. E isso acontecera tantas outras vezes... Viam televisão na verdade todos os sábados à noite, quando os pais saíam, e eram sempre os mesmos programas, ora a *Família Trapo*, ora *A Hora do Bolinha*, com aquela música, tristemente ela cantava agora para mim em ritmo de marcha "Bolinha, Bolinha, está na hora de você entrar na linha... cantando bem, você ganha os parabéns, cantando mal, vá cantar no seu quintal... bó, bó, bó, Bolinha, está na hora de você entrar na linha", e o irmão se esfregando sobre a empregada ao ritmo dessa estupidez, o ignominioso, sobre a pobre bisneta de escravos, Miriam me dizia. Dera apoio a ele quando, na sede da mesma CIP, um grupo de rapazes mais velhos tentou arrancar-lhe as calças sob pretexto de que ele trazia dentro delas, escondidas, algumas revistas pornográficas – o que ela não sabia, nem nunca soube, se era verdadeiro ou não.

Mas esse era o verdadeiro Márcio, o hipócrita, eu sei, ela disse, porque a namorada dele da época me contou uma outra história, que ele mesmo contara a ela como se fosse uma grande façanha, dizia Miriam. Ele tinha quinze anos, o idiota, assim ela o chamava, dentro de um ônibus sentou-se ao lado dele um cara mais velho, de óculos, e puxou conversa, disse que gostava de arte, teatro, essas coisas, e que fazia fotografia. O Márcio disse que também gostava disso tudo e o cara então convidou-o a ir à casa dele que ficava no ponto de ônibus seguinte, era só descer ali, na avenida Nove de Julho, perto da praça 14 Bis; então eles desceram do ônibus e o cara levou o Márcio para um apartamento num daqueles edifícios fuleiros, logo mostrando em cima de uma cama uma porção de caixas de papelão de onde tirava fotos, dezenas de fotos de rapazes nus, alguns excitados com seus membros em plena ereção, outros não, mais mansos, algumas fotos com close nas partes ainda mais íntimas, o imbecil sem perceber nada, e o cara depois perguntando se ele não queria fazer umas fotos daquelas também, deveria ficar bonito, ele afinal era um garoto bem servido. Logo então o cara convida

Márcio para acompanhá-lo, entram no banheiro e, sentado na borda de uma banheira, o cara pede que ele tire a roupa para ver como ele era, apenas para ver se era fotogênico, ele dizia, e, ainda, de bom humor, cheio de experiência, comenta "ah, você é judeu!", e pede para o idiota se aproximar dele, o cara sentado e o garoto besta em pé à sua frente, o cara puxa o Márcio pela cintura com delicadeza, tira os óculos e diz: "Vamos ver como você fica de pau duro (desculpe a palavra, disse-me Miriam), para ver se dá fotos legais", e começa a chupar o meu irmão, e só aí é que o Márcio, o teu esperto sócio, só aí, você acredita?, só aí é que ele se dá conta do que está acontecendo... "Um menor vítima de abuso sexual", eu disse interrompendo Miriam no meu linguajar de advogado. Vítima o escambau, ela reagiu; para ser vítima de verdade a gente precisa sentir que está sofrendo alguma coisa, mas ele não, o infeliz judeuzinho, nascido entre um aborto e outro, porque Goldstein não passa disso, ela dizia, é certo que ele então afastou a cabeça do cara e pediu desculpas por isso, é incrível, ele pediu desculpas por afastar a cabeça do cara, por estragar o prazer do cara, e disse que não queria prosseguir aquilo, que não gostava daquilo, não era o terreno dele, essas coisas; o cara foi até gentil também, não forçou a barra, apenas implorou para que ele voltasse uma outra vez. Mas ele não tinha que pedir desculpa nenhuma, ora, o cara é que tinha que fazer isso! Mas isso tudo mostra que assim é o teu sócio: ele não sabe o que quer, ele não percebe nada do que está acontecendo em torno dele, a não ser aquilo que seja do interesse imediato dele e de mais ninguém, o egoísta mais tacanho.

Levantando-se da cadeira de vime, dando voltas à mesa onde repousava sua harmônica de vidro, Miriam contou-me também o que classificou de oportunismo rasteiro do irmão quando, aos dezoito anos, aproveitou uma viagem para Israel, onde passaria um mês com um grupo de voluntários trabalhando em um *kibutz*, para, na verdade, aprontar os maiores dissabores na família, assim ela se expressava. Você pensa que ele, o para sempre Narciso total Márcio Goldstein, você pensa que ele aceitou ir com o grupo até lá para ajudar orgulhosamente na colheita de laranja, como faziam todos os outros?, indagou-me Miriam com seus olhos cada vez maiores, já respondendo engano, nada disso, foi mesmo para trepar com as outras voluntárias, inclusive de outros países e até não judias, essa é a verdade; não foi para ficar carregando canos de irrigação ou catar coco nas alturas, todos os dias, aprendendo um pouco da vida no campo, assumindo responsabilidades, nada disso, foi mesmo para poder conhecer outros idiotas, franceses ou italianos, que falavam de terrorismo, pregavam o comunismo, tinham livros e manuais, essas coisas, para isso é que ele foi; não foi para ajudar Israel a sair de suas dificuldades, como faziam os outros membros do grupo, mas sim para experimentar haxixe em algum acampamento, para ouvir Bob Dylan e outros depravados; não foi para depositar algum papelucho esperançoso no Muro das Lamentações de Jerusalém, coisa alguma, foi para conhecer as prostitutas judias de Telaviv, isso sim: ele queria conhecer o que é uma prostituta judia, ou uma judia prostituta, isso sim!

 Por isso ele, o anel de lata enferrujado Márcio Goldstein, ela dizia, não voltou para o Brasil na data prevista, preferindo fugir num navio para a Grécia e não sei mais onde, seis meses vagando pela Europa sem saber para onde ir, sem um telefonema com mais de um minuto, sem cartas, um ou outro cartão-postal preenchido por formalidade, às pressas, e depois da Grécia a Iugoslávia (naqueles anos ainda existia a Iugoslávia, não é certo?), Itália, França, Espanha, Portugal, não sei mais onde; o golpe, ele havia dado um verdadeiro golpe de mestre em todos nós que o aguardávamos no aeroporto no dia em que todos os membros do grupo chegaram com suas sacolas e mochilas coloridas, abraçando seus pais e seus irmãos, trazendo pequenos presentes, aliviados por estarem de volta às suas casas, cheios de histórias para contar sobre Israel, os *kibutzim* e suas dificuldades, os rostos alegres, as mãos ainda calosas do trabalho agrícola, satisfeitos, amadurecidos; mas ele não, o estúpido, nada mais que uma sacola de roupas sujas e um bilhete de duas linhas anunciando, o pernóstico, que resolvera ficar por ali, o imbecil modelo, cruzando mares estranhos, que Israel que nada!, o calhorda, melhor outras terras, enquanto os pais caíam em lágrimas por aqui, sem saber que ele descansava tranquilo dentro de um saco de dormir, nos fundos de uma igreja de Veneza, que ele seria apedrejado por admirar uma estátua esquisita em Sarajevo, um irresponsável, enfim, um ingrato, um egoísta patológico, assim é o Márcio, Miriam sentenciou (sim, era um veredicto, aquela falação caudalosa), remexendo-se mais e mais na cadeira de vime.

E no entanto, por trás dessa aparência de valentia, desses lances ousados a distância, o problema maior de Goldstein, para Miriam, foi sempre o fato de ele permitir que os passos essenciais, os verdadeiros passos do seu destino fossem definidos por outros, não por ele mesmo. Aquelas transgressões agressivas acabavam se constituindo numa fachada, dolorida para a família é bem verdade, disse Miriam, mas não mais do que uma fachada. Ao final, prevalecia sempre uma espécie de comodismo crônico, permanente, uma covardia de quem rasteja por qualquer reconhecimento, segundo ela, covardia por não enfrentar os verdadeiros desafios cara a cara, onde eles se situam de verdade, portanto junto às pessoas e aos lugares que estão ao nosso lado; e a maior defesa de Goldstein para tentar encobrir essa debilidade estrutural era também a mais óbvia e comum: não deixar, a qualquer custo, que ela transparecesse.

Assim, na superfície, no modo de se vestir ou de se apresentar em locais públicos, ou como fizera naquela fuga pela Europa, ele parecia o contrário: cheio de determinação, estilo próprio; um disfarce na verdade, segundo Miriam relatou com a voz em alto volume, para encobrir a espera da próxima ordem vinda de fora, do grupo, do pai (Márcio fez advocacia porque o pai mandou, ela disse) e, principalmente nos primeiros anos, do vizinho Luca Pasquali.

Os pais de Goldstein, disse Miriam, não faziam e nunca tiveram a mínima noção do que se passava, daquilo que se passou dentro da cabeça de seu filho o tempo todo, ou mesmo nas atividades, pessoais e profissionais, desse filho. Para ela, eles não têm culpa nenhuma disso, não só porque Márcio, a besta humana, se afastava deliberadamente deles, por vontade própria, mas também pelo fato de eles pertencerem a uma geração sacrificada, de um tipo muito particular de sacrifício, ela dizia com entonação didática.

Soube então que tanto o pai como a mãe deles são filhos de imigrantes vindos muito jovens da Polônia para o Brasil no início do século, fugindo da penúria e das perseguições ou ameaças de perseguições contra os judeus da Europa Oriental naquela época. O avô paterno de Goldstein, contou-me Miriam, era filho de um comerciante de galinhas que chegou aqui com a roupa do corpo e se virou como mascate, vendendo gravatas, meias e o que mais pudesse, viajando sem parar por diversas cidades com uma malinha cheia de bugigangas. Seu avô materno, apesar de ser filho de um comerciante com mais posses que o outro na Polônia, teve de enfrentar os mesmos problemas aqui – onde chegou aliás por acaso, pois pretendia desde o início da viagem ir a Buenos Aires e desceu no porto de Santos pensando estar na Argentina –, pois seu pai não aceitou, até a morte, na Segunda Guerra Mundial, a decisão do filho de deixar a sua terra natal. Não vendia as mesmas coisas de mascate, mas certamente cruzou com o avô paterno de Márcio em muitas esquinas do Bom Retiro.

O avô paterno de Goldstein conseguiu se afirmar, junto com seu irmão, vindo ao Brasil poucos anos depois dele, como um dos mais importantes fabricantes de confecções daquele bairro. Já o avô materno acabou sendo notado pelo comércio e conserto de relógios, grandes e pequenos. O drama – essa a palavra que ela escolheu –, o drama da geração dos seus pais, chamados Milton e Sara, pais também de Márcio portanto, foi sempre o de se sentirem na obrigação de corresponder ao esforço monstruoso de seus pais (os avós de Miriam, de Laura e de Márcio) para recuperar tudo que haviam perdido, como exilados. E esse esforço só poderia se dar, ainda mais no caso de Milton, numa correspondente ascensão social, uma ascensão visível, sensível, gratificante talvez nem tanto para eles quanto para os seus pais imigrantes. Ascensão, nesse caso, significava, ela dizia, tornar-se a todo custo um doutor (fosse engenheiro, médico, dentista ou advogado) e fazer com as próprias mãos, mas num degrau superior, o que os pais haviam feito, aqueles seus pais pioneiros, que viajaram léguas e léguas ao lado de outras dezenas de refugiados, enfrentando o alto-mar em péssimas condições, sem a mínima ideia da terra que iriam encontrar ao final da longa viagem – como para retribuir-lhes alguma coisa. Era o sonho dos imigrantes e a obsessão, involuntária ou não, tanto de Sara quanto de Milton.

Milton tornou-se anestesista por esta razão – não sei se é o que ele ama fazer de verdade, mas isso pouco importa, disse Miriam. E tão grande seria a culpa caso não correspondesse à expectativa dos pais, que os próprios filhos – os netos dos imigrantes, só posso entender assim – acabaram por se tornar, mesmo que a intenção não fosse essa, um caso secundário para seus pais, seriam na prática meras alíneas dentro de um parágrafo – para usar uma analogia, sem ambiguidades, legal. Dessa forma, Miriam sentia quão forte era o peso que seus pais carregavam sobre as costas, além do remorso por não poderem, assim ela me explicava andando com dificuldade pela sala, por não poderem reverter a situação, não poderem dar o amor, dar o amor aos filhos, ela insistia, como desejavam.

Afora isso, a adaptação dos Goldstein aqui, o crescimento dos filhos e netos foram acompanhados naturalmente de um processo de assimilação à vida "nacional", ela me explicava já de volta à cadeira de vime, de integração aos não judeus e de descalcificação da sua identidade judaica, isso ia minguando, lamentavelmente, em especial na geração dela e de Márcio, uma identidade cada vez mais difícil de ser estabelecida, cada vez mais transformada numa categoria psicológica e não social, Miriam se expressava nesse tom de ensaio, como se já tivesse estudado o assunto muitas vezes, buscando as palavras com sobriedade. Miriam achava que o distanciamento, a falta de diálogo real entre Goldstein e os pais, só podiam ser explicados dessa forma.

"Ser judeu, por exemplo. O que significa isso para Goldstein? Provavelmente pouco mais do que carregar nas costas, sem consciência, uma melancolia, tão pesada e tão presente quanto um casco para uma tartaruga. Você acha que ele é capaz de sentir a enormidade da dor existente por trás dos números gravados como tatuagens, ainda hoje não apagados, nos braços de milhares de sobreviventes da grande calamidade, bem aqui, imagine, como se aqui, em vez desta atadura, houvesse um número, de vários algarismos, você imagina isso?" Goldstein era incapaz de entender todas as nuances herdadas de uma história milenar; por isso vivia perturbado, disse Miriam.

Além de tudo, Goldstein era também racista, e assim ela insistia nas suas classificações depreciativas, citando como exemplo o fato de que ele odiava um sorveteiro que trabalhava no Guarujá quando eles eram crianças apenas por ser negro. Miriam disse que não houve morte de Laura nem lambuzada alguma de algum sorveteiro no corpo dela na praia do Guarujá. A sua tia Ilza, que Márcio também odiava, ele odiava muita gente, disse Miriam, tia Ilza era uma pessoa bondosa, dizia Miriam, apesar de muito nervosa e de "pavio curto". Goldstein inventava tudo aquilo – "como as histéricas de Freud", ela disse – num delírio imbecil, sempre repetido, segundo ela, para dar conta das suas próprias angústias, porque queria, sempre quis, ter uma vida mais interessante, de mais sabor do que a vida insossa e estreita que sempre teve. Porque, ela dizia, Goldstein nunca soube ver ou sentir alguma beleza, um pequeno prazer que fosse com as coisas triviais. Para ele, como para tantas outras pessoas, disse-me Miriam, já recobrando um pouco de controle sobre o seu próprio nervosismo, para ele não existe prazer sem dor – esse o seu maior problema.

Para ela, então, Márcio nunca soube ver nas pessoas o que elas realmente são; ele sempre vê na pessoa o pai dessa mesma pessoa, a qual deixa portanto de existir enquanto força própria, autônoma, pessoa enfim. Só existem os pais das pessoas, assim ela disse ser a visão de Márcio; toda pessoa é o seu próprio pai até que este morra, pensava Goldstein, segundo a irmã, porque, na realidade, ele mesmo, o próprio Márcio, sempre se viu apenas assim no espelho, a cara do próprio pai, as mesmas falhas, o mesmo lamentável olhar entristecido e melancólico – e no fundo tinha pavor de se ver assim no espelho, sem futuro, disse Miriam, pois isso significava, é claro, a sua própria aniquilação.

A clareza e a intensidade do discurso de minha massagista eram tamanhas, que, por alguns momentos, raciocinei se não estava diante de uma pessoa doente – bela, é verdade, mas principalmente doente. As palavras saíam-lhe sem intervalos, balas de metralhadora armazenadas com certeza por muitos anos; de fato, pensei, durante muitos anos ela deve ter tido vontade de contar essas coisas a alguém, mas não encontrara audiência. E, de repente, havia ali um cliente, caído por acaso na sua sala, disposto ao sacrifício de ser o alvo. E explico por que "alvo": é que Miriam se dirigia a mim como seu eu fosse o próprio Márcio Goldstein, talvez responsabilizando-me por ser seu sócio, talvez porque assim conseguisse falar mais abertamente, agressiva que estava, sepultada a delicadeza que me cativara momentos antes, quando ela tocava sua harmônica de vidro com expressão santificada – cheguei a ver seus olhos explodirem.

Goldstein na verdade sempre odiou as irmãs, continuava Miriam em sua relação interminável de acusações, e em particular sempre quis ver a irmã mais velha, Laura, aprisionada, o mais infeliz possível, morta até. Márcio tinha na verdade inveja de Luca Pasquali, ela achava, porque nunca tivera a coragem de fazer com alguém, com a própria Laura, por exemplo, o mesmo que o seu amigo de infância fizera com a mulher.

Segundo ela, foi por causa dessa hostilidade, aliás, que Laura decidira alguns anos antes mudar-se de país, viver em Varsóvia, na Polônia, como fotógrafa profissional, na terra dos seus avós, perto dos túmulos dos antepassados mas longe de Márcio, aquele protótipo da besta.

Miriam viu – e suas mãos se mexiam muito enquanto me falava –, certa tarde, quando voltava da escola, Laura surpreendida por Márcio no portão de casa, o irmão dizendo a ela que o cachorro da família estava morto, morto de olho aberto, no meio da sala de jantar. E Laura, a mais ligada ao cachorro, entrou então em casa tremendo, às lágrimas, para constatar logo depois que na verdade o cachorro apenas dormia, de olhos abertos, como é comum acontecer, apenas isso, e o movimento de sua respiração era tão vigoroso que nem mesmo um louco poderia achar que estava morto. Ou então, às vezes em que o irmão, aquele falso, como ela dizia, passava a perna nela mesma, Miriam, quando subiam as escadas correndo ao chegarem em casa para ver quem alcançava primeiro a televisão, pois, assim era a regra na família, quem ligasse a televisão iria comandar a mudança de canais. Coisas pequenas, disse a massagista, mas muitas, e acumuladas e repetidas sem cessar, malignamente, de todas as maneiras e variáveis, na infância, na adolescência e mesmo depois, portanto ininterruptamente, compondo uma história de terrorismo, verdadeiro terrorismo familiar aplicado por Márcio contra as duas irmãs, contra a família inteira, a bem dizer.

Sabe qual o maior prazer de Goldstein?, perguntou Miriam, prosseguindo (começava a me sentir mal, suado, não sabendo até quando aqueles incansáveis ataques iriam continuar): afligir os outros com os sofrimentos e dores que ele carrega e não consegue esquecer, uma espécie de diversão macabra comum a tantas pessoas desajustadas, comentou Miriam. "Vai procurar ele e pede para ele repetir tudo isso de lambuzada de sorveteiro no meu corpo na praia do Guarujá, de morte da Laura despencando da varanda, olha ali uma foto recente dela em Varsóvia (ela apontava um porta-retrato na estante, e vi de fato ali uma moça sorrindo com uma máquina fotográfica pendurada no pescoço); isso é uma pessoa morta? Vai procurar ele de novo e pede para ele repetir olhando no teu olho para ver se ele tem coragem, para ver se sai alguma coisa, não sai nada daquela boca escrota, ele desmorona, porque é puro delírio."

Encolhido no sofá, meu copo de água vazio, apertado entre as mãos, eu era ali uma pessoa acabrunhada diante de um monstro. E o pior: era um monstro cativante, uma espécie de Don Juan às avessas, impressionando-me a cada palavra. Olhando-me nos olhos como quem emite uma sentença histórica ao final do longo discurso, Miriam disse com entonação dramática, de forma sintética, ameaçadora: "Eu vou acabar com o Márcio, Paulo, saiba disso, e agora já sei como, pois antes eu não sabia. E o palco vai ser fornecido por ele mesmo: o processo do Luca Pasquali."

Miriam levantou-se, retirou-me o copo que eu apertava entre as mãos e foi à cozinha. Ao retornar, mais calma, já parecia agora, de novo, a mulher da harmônica de vidro, chegando a sorrir. Disse que não poderia mais aplicar massagens em mim, dali em diante não se sentiria bem depois de ter falado tudo aquilo a respeito de seu irmão, meu sócio afinal. Não pude fazer nada além de aquiescer e agradecer pelos relatos; eles seriam muito úteis, acrescentei, para o caso Luca Pasquali. Não dei eco à ameaça que ela fizera sobre o processo de Pasquali, interpretando que aquilo se assemelhava mais a uma bravata do que a um objetivo real – ao menos foi mais reconfortante pensar assim. Despedimo-nos no corredor. As mãos dadas, não consegui me segurar: passei a ela um cartão de visitas com as minhas coordenadas, desejei-lhe melhoras para a perna e para o braço e disse que gostaria de revê-la, não como massagista mas como Miriam Goldstein, uma mulher, ousei dizer, maravilhosa. Ela apenas sorriu, não respondeu sim nem não, os olhos já desinchados, andou para trás e fechou a porta.

Desci as escadas lentamente em direção à calçada, recordando-me de parte de um livro que eu lera, um livro triste, que dizia que o momento exato em que deixamos de amar nossos pais e nossos irmãos e irmãs e passamos a odiá-los, esse momento, não podemos precisá-lo e, aliás, não nos esforçamos por recuperar esse momento exato, porque no fundo temos medo de fazê-lo. É terrível, mas não creio que essas palavras estejam muito longe da verdade.

Apesar disso, já no carro, no caminho de volta ao escritório, comecei a achar que aquele ódio todo de Miriam contra Márcio talvez pudesse ter também uma outra explicação. Talvez não houvesse verdade alguma nas suas histórias, afinal, talvez ela mesma estivesse procurando apenas apagar da memória os seus próprios desencontros, seus traumas, sabe-se lá o quê, e fosse na realidade uma mulher apaixonada pelo próprio irmão, assim pensei, enciumada portanto durante anos, enlouquecida, quase, por essa paixão evidentemente proibida. Raciocínio que me levou a pensar, em seguida, parado num farol vermelho, naquela história da impossibilidade do amor platônico. E ainda, ideias e histórias ligadas entre si, a pensar em outra possibilidade, já o farol verde, quem sabe mais complicada: aquele amor platônico pelo irmão, em que ela parecia viver submersa, procurando negá-lo a todo instante a ponto de ainda chamar Márcio de "porco-espinho", por que ela não poderia trocar então aquele amor por um outro amor, mas desta vez real, ou seja, amor por mim, eu sonhava, por mim, um homem disponível, literalmente enredado ali por sua ex-massagista, após pouco mais de uma hora de conversação?

6

O porteiro do prédio onde moro é o mesmo há muitos anos e tem no seu comportamento a calma e a lerdeza de um processo judicial. Quando cheguei em casa naquela noite depois da visita a Miriam, no entanto, encontrei-o afobado, os olhos arregalados, como quem temesse uma tragédia iminente. Acontecera que poucas horas antes, ele contou, minha secretária, Sandra, havia deixado em suas mãos um envelope, dizendo-lhe que o guardasse "a sete chaves" e que me entregasse "em mãos", a mim e a mais ninguém, pois havia ali documentos secretos, um caso "de vida ou morte". Eram expressões que ela de fato costumava usar quando o assunto era sério e sua missão não podia falhar por erro de comunicação. Eficiente, a secretária Sandra; sempre achei que ela, apesar de alguns exageros, era mesmo muito eficiente!

No elevador, hesitei em abrir o envelope. Às vezes, pensei, é melhor parar no meio do caminho. Eu só tinha a perder, me parecia. Por que então não cair fora? Bastava rasgar aquilo e atirar no lixo. Não fui forjado para aventuras, e a rigor, nem estava mais na idade... O Direito é coisa reta. Assim fiquei dentro do elevador, mesmo com ele parado, tendo atingido o meu andar, e quando me dei conta já tinha aberto o envelope. Seu conteúdo eram cópias xerocadas de atestados médicos a respeito de Luca Pasquali e um bilhete, escrito em letras enormes de criança recém-alfabetizada: "Preciso conversar com o senhor ainda hoje. Rosângela Pasquali." Dentro do apartamento, deixando o molho de chaves pendurado na porta, joguei a maleta e o paletó de qualquer maneira sobre o sofá e telefonei para ela, propondo um encontro ainda na mesma noite, dali a duas horas, num bar próximo da minha casa, em Perdizes.

O banheiro ficou tomado de vapor, mal conseguia distinguir meu rosto no espelho interno do boxe do chuveiro que utilizo para fazer a barba durante o banho. Entrara ali apenas para jogar uma água no corpo, como se diz, mas não conseguia sair. Concluí que havia feito uma bobagem; o encontro com Rosângela iria me lançar no abismo. Atirei com força o sabonete no chão e decidi que iria parar por ali.

Vesti uma roupa qualquer e deitei-me no sofá da sala, onde, com a curiosidade de um iniciante, passei a examinar os atestados. Chamou-me a atenção, de início, o fato de que todos eles eram datados de pelo menos dez anos antes. Traziam descrições de comportamentos "típicos de esquizofrenia simples", assim estava registrado em alguns deles, diagnóstico que se repetia na verdade com poucas diferenças em todos os documentos, emitidos, um em seguida ao outro, ao longo de oito anos.

De qualquer maneira, portanto, como eu supunha, havia um problema de ordem mental com Luca Pasquali. Minha tese para a defesa estava correta; Goldstein ia pelo caminho errado. Evidentemente, a autenticidade dos documentos teria de ser averiguada, verificaríamos com toda cautela se alguns não eram falsificados, enfim, mas tudo indicava estarem ali, sob minha guarda, os elementos definitivos, as provas preciosas e incontornáveis para dobrar Goldstein e forçá-lo, para o bem da razão, a alterar o andamento do processo. Esfreguei as mãos, fui ao espelho do banheiro, ainda embaçado, e sorri triunfante enquanto me penteava. Na cozinha, tirei da geladeira uma salada que minha empregada deixara desde a hora do almoço e comi tudo rapidamente, com pedaços de pão preto. Na hora de me levantar, derrubei o vidro de vinagre sobre a minha calça. Paciência, não tinha mais tempo para trocar de roupa.

Enquanto me ajeitava em torno da mesa de calçada do bar, Rosângela demonstrava um desinteresse cruel diante das explicações que eu ao mesmo tempo dava sobre o vinagre derrubado na calça, explicações que ela sequer havia solicitado e que apenas expressavam a minha enorme ansiedade naquele momento. Com os olhos quase saltando para fora do rosto, a irmã de Pasquali entrelaçou os dedos das mãos, apoiadas na mesa de ferro, e preferiu ir direto ao assunto.

Sem qualquer introdução, portanto, Rosângela disse que não quisera contar a Goldstein toda a verdade, para não magoá-lo ainda mais, e também porque, durante o encontro ocorrido no primeiro dia, na casa de seus pais, não sabia que o ex-vizinho era advogado. O fato era que Pasquali sofria de diversos distúrbios mentais desde muitos anos antes. Luca "nasceu nervoso", dizia Rosângela no bar, acumulando sintomas que começaram a se manifestar na puberdade, ou seja, e aí fui eu a concluir, no tempo em que Goldstein ainda era seu amigo, ainda o idolatrava. A cada feito do pequeno Luca, no esporte, na escola, nas brincadeiras de rua, a cada gesto de criança saudável viria corresponder anos depois um momento de decaída, ela contou, como se a sua mente, rancorosa, estruturalmente inepta para a alegria, tivesse resolvido se vingar de um momento para o outro daquele corpo esbelto de menino, que se divertira tão bem durante tantos anos.

Rosângela pediu licença para ir à padaria ao lado do bar, voltando em seguida com um pacote de bolachas com recheio de chocolate – uma ação que me surpreendeu mas demonstrou ao mesmo tempo como também o seu grau de ansiedade estava elevado naqueles momentos. Comendo uma bolacha atrás da outra, ruidosamente – isso chegava a ser deprimente, embora parecesse para ela indispensável, uma espécie de combustível –, a irmã de Pasquali contou que a mãe, apesar de católica, frequentara outras igrejas, até sessões espíritas, procurara videntes e pais de santo, consultara mestres de tarô e búzios, leitura de mão, tudo o que oferecesse chances ou mostrasse algum meio de reverter aquele Mal; madrugara durante meses e meses ouvindo programas do tipo *O Despertar da Fé* pelo rádio ou emissões pela TV com o mesmo teor de salvação. Sem perspectivas, os Pasquali cogitaram inclusive mudar-se para a Itália, de onde seus pais, os avós de Luca e Rosângela portanto, tinham emigrado ainda crianças, no final do século passado. Rosângela contou que o desespero e a pressa eram enormes também porque a família tinha antecedentes desagradáveis; ela citou então a história de seu bisavô da Sardenha, que se suicidou durante uma excursão à Grécia em 1881, saltando do navio em pleno alto-mar.

 Até os vinte anos de idade, Pasquali se submetera a diversos tipos de tratamento. Ela falou em terapia eletroconvulsiva e diferentes regimes de medicamentos. Um médico chegou a pensar em fazer-lhe uma cirurgia na cabeça, disse Rosângela, mas a proposta não foi aceita pela família. Depois, Luca se deixou levar para uma psicoterapia individual, em seguida em grupo – tudo com resultados de duração breve, segundo ela, voltando o irmão a sofrer os mesmos problemas depois de ficar meses em algum hospital ou ambulatório. O mais estranho era que Luca não opunha resistência a nenhuma terapia, entregava-se; para piorar tudo, era crescente a sua indiferença, uma abulia generalizada, seu olhar contemplando o vazio, onde estivesse. Cada vez se isolava mais de todos: recolhia-se, às vezes passava horas escondido debaixo da cama, sem conversar com ninguém, e quando falava era por monossílabos, apenas para se queixar de dores no corpo inteiro.

Pedi uma Coca-Cola – não era meu costume, foi para reacender-me diante da figura macilenta de Rosângela –, mas o refrigerante permaneceu intocado por vários minutos desde que ela recomeçou a falar: após todos aqueles tratamentos, aos vinte e um anos de idade, portanto mais ou menos sete anos antes, durante um acampamento numa praia do litoral norte de São Paulo, perto de São Sebastião, Pasquali assassinou um pescador, sem maiores razões e quase sem querer, após uma discussão sobre o espaço que o acampamento estava ocupando. O assassinato, sem armas, com Luca apenas batendo descontroladamente a cabeça do pescador num armário de metal cheio de ferrugem abandonado ali por perto, assim contou Rosângela enquanto eu acendia o meu sexto cigarro, o assassinato então aconteceu um dia depois de ela ter flagrado o irmão fazendo sexo com uma prima dentro da barraca de camping – e era a primeira vez que ele fazia sexo. Aos vinte e um anos de idade, portanto, Pasquali fazia sexo pela primeira vez, era flagrado nisso pela irmã e cometia depois um assassinato sem razão para tanto!

Isso complicava tudo, era evidente, disse a ela já entre goles de Coca-Cola, pois aí já se tratava de reincidência. Por outro lado, esse crime anterior reforçava a ideia de que a linha da defesa de Pasquali teria mesmo de passar pelo caminho da inimputabilidade, por perturbação ou por retardamento mental; se assim não fosse, a pena de prisão, ao contrário do que eu pensava e do que Goldstein planejava, seria muito superior em número de anos do que qualquer internamento por "medida de segurança". Ficava claro que Pasquali era uma pessoa com a capacidade de discernimento comprometida.

Rosângela disse que os advogados descartaram a alegação de doença mental por ocasião daquele primeiro crime a pedido da própria família, que preferia não ter o filho internado quando este poderia estar em casa, sob regime de prisão aberta mas aos seus cuidados – o mesmo raciocínio elaborado pelo próprio Goldstein agora. Mas, desta vez, com os novos dados que Rosângela trazia, o núcleo da defesa teria de ser mesmo esse: considerar sem hesitação a existência em Pasquali de uma perturbação ou retardamento mental, como já previra. É o vinte e seis, eu pensava, o caminho só pode ser o vinte e seis, foi este o meu raciocínio.

A partir desses momentos, à mesa de calçada do bar, comecei a ficar com medo, muito medo, e com toda razão, do que poderia acontecer.

Rosângela disse que o casamento com Aurora fora um arranjo feito pela mãe, convencida de que aquela seria a única solução para Pasquali. Amassando a embalagem da bolacha de chocolate para jogá-la em direção a um cesto de lixo ao lado de um poste, e sem se incomodar pelo fato de ter errado o alvo, ela disse que o objetivo da mãe era livrar-se do filho de uma vez por todas, deixar que a sua mulher assumisse os cuidados que ele exigia. Até acontecer o segundo crime, Aurora e Pasquali vinham levando uma vida, ela disse, pacata, embora ficasse evidente para ela, Rosângela, que Aurora vivia insatisfeita, passando mais tempo na casa dos pais do que na própria casa. Ela não tinha certeza, mas tudo indicava que o casal nunca havia feito sexo.

Agora, o problema, ela mesma lembrou, era que o último exame de sanidade mental de Pasquali datava de dez anos antes.

As crises de Pasquali iam e voltavam, mas tinham sido raras desde o final da pena pelo assassinato do pescador. Seria possível considerar aqueles atestados como tendo um valor atual? Não seria o caso de fazer um novo exame? Ou então de pedir que o juiz que fosse assumir o caso nomeasse peritos para tanto? Expliquei-lhe que teríamos de fazer um novo levantamento, e pedi que ela tentasse desde já convencer o irmão disso, embora achasse que a existência daqueles atestados significava, por si só, um grande trunfo para a defesa.

    Eu me preparava para apertar a sua mão suada e gorda em despedida, um vento frio começava a tornar incômoda a permanência na calçada, quando Rosângela – já de pé, olhando-me com a oscilante firmeza que seus olhos agora opacos e fracos permitiam, um pedacinho de bolacha de chocolate grudado no queixo, as palmas das mãos apoiadas sobre a mesa – disse que seus pais haviam se declarado ausentes diante de tudo o que estava acontecendo. Ajudaram-na a procurar algum advogado mas desistiram no meio do caminho, e só. Portanto, Pasquali e ela – que estaria envolvida também no processo por causa da colaboração com o homicídio, pela chamada ocultação do cadáver – dependiam exclusivamente da "Goldstein & Camargo".

    Tremi por inteiro ao aperto de sua mão – e com certeza não foi de frio por causa daquele vento que surgia –, pois nunca alguém havia dito isso de forma tão cristalina para mim. E minhas mãos continuariam a tremer ainda por várias horas, já na cozinha de casa, enquanto tentava localizar Goldstein para contar-lhe as novidades. Não o encontrei.

7

Seria ilógica tanta agitação na frente de uma oficina mecânica àquela hora da noite. Só por isso percebi ter enfim chegado à galeria de arte que procurara durante meia hora pelas ruas da Vila Madalena. A tabuleta de cobre com o nome do local era minúscula. Além disso, presa numa parede multicolorida, a menos de dois metros do chão, estava parcialmente encoberta naqueles momentos por dezenas de pessoas falantes – a maioria mais jovens do que eu –, apinhadas na pequena área com menos de vinte metros quadrados que fazia as vezes de funil de entrada. Depois de muito esforço, já me encaixando no meio daquele burburinho, pude visualizar o cartaz branco afixado ao lado da pequena placa de cobre, trazendo em letras alternadamente pretas, vermelhas e amarelas o título da exposição: "Obras e Buscas de Juan Martinez."

A ideia de ir ao vernissage surgira dois dias antes, na manhã seguinte ao meu primeiro encontro com Miriam Goldstein (com Miriam Goldstein, bem entendido, não com a massagista Maura Gonçalves). Tomava o café da manhã quando ela telefonou – é revigorante poder recordar isso agora, pois costumo dar às delícias passageiras um lugar de pouco destaque na memória – e, ao reconhecer sua voz, tive a impressão de que o encontro do dia anterior, apesar de seus vaivéns, produzira um efeito excepcionalmente positivo. Poderíamos mesmo ter um caso, um *affair*, deduzi otimista, o fone à mão, interpretando aquele telefonema como a sinalização de sua parte para que eu fosse adiante com a minha esperança. Engoli antes do tempo um pedaço de pão que já estava na boca, reacomodei-me então na cadeira da copa, as pernas esticadas, e encostei a nuca na parede de azulejos brancos.

    Talvez por ignorar meus próprios limites, nunca aprendi a delinear com precisão os horizontes dos outros, essa é a verdade. Para mim, ao contrário do que para alguns, sobreviver com outras pessoas não é o mesmo que projetar um slide sobre uma tela e logo extinguir a imagem e recriar o breu a um mero toque. As relações sempre se complicam e na maioria dos casos, penso assim, saio delas mais como vítima que como algoz.

    Naquela manhã não foi diferente: mal acabara de se formar, minha expectativa festiva na copa da cozinha logo se desmilinguiu, mais rápido que a manteiga na frigideira.

    Miriam, apesar de ter sido bastante gentil, não telefonara para trocar palavras de aproximação comigo ou para já engatar a primeira marcha, como eu esperava, num caso ainda inexistente. Nada disso. Fria ao telefone – e gentileza e frieza, juntas, são invencíveis –, mais fria que a parede de azulejos brancos, ela tinha ligado, isto sim, para sugerir que fizesse outra entrevista, com uma outra pessoa, e para dizer que isso seria indispensável se quisesse mesmo entender alguma coisa de seu irmão.

    Goldstein tivera na adolescência um amigo chamado Juan Martinez. Conversar com Martinez, disse Miriam ao telefone, seria essencial para mim; impossível, sem isso, entender Márcio e suas oscilações. E seria, aliás, fácil encontrá-lo; artista plástico já com um certo reconhecimento no mercado, Martinez estava com um vernissage marcado para dali a dois dias numa galeria de arte. Sobre o nosso possível caso, entre mim e ela, foi evasiva quando tentei uma investida. Recusou o convite para almoçarmos juntos, deixando em aberto, porém, uma brecha, ao dizer que poderíamos marcar algum encontro, sem compromissos, num outro dia qualquer. Saí da cozinha para tomar um banho enquanto pensava que aquilo tudo parecia estar se transformando num inquérito particular sobre os problemas ou manias do meu sócio, quando o caso que deveria me ocupar era o de Luca Pasquali. O espelho do boxe nada respondia. Fazendo a barba, cortei-me logo abaixo do nariz. Antes de sair de casa, tentei de novo falar com Márcio, para relatar-lhe a conversa da noite anterior com Rosângela. Mais uma vez não o encontrei. Liguei para Sandra, mas ela também não tinha notícias dele, o *pager* não respondia. Inútil perturbar ainda mais a perdida Rebeca... Foi nessa hora que notei o envelope sobre a mesa da sala com timbre da imobiliária que me vendera um apartamento. Dentro havia um bilhete escrito à mão dizendo que o dono do imóvel viajara à Europa e não tinha prazo para voltar, o que significava que a execução da minha escritura definitiva ficava suspensa *sine die*. Revezes desse teor sempre ocorreram e costumam acontecer aos montes para milhares de pessoas – aliás, é aí, nessas migalhas, que encontra seu estímulo cotidiano o apetite da máquina infernal formada há séculos pela rede de cartórios e tabelionatos, pelas agências imobiliárias e, não posso deixar de dizer, pelos escritórios de advocacia. Além do mais, integrante desta última laia, obviamente mantive-me a todo momento abrigado por documentos que, eu bem sabia, iriam me garantir cedo ou tarde a posse e a escritura do imóvel, fosse esta ou não a vontade do seu proprietário, ou de seus herdeiros caso ele viesse a morrer prematuramente, por exemplo, num acidente de avião – nesse caso, ouso acrescentar, o destino não teria sido injusto, tamanha a tacanhice do sujeito em questão. Mas ali na sala, e isso é o que mais interessa aqui, aquele bilhete pareceu-me um presságio, um alerta de que viriam dias, no mínimo, difíceis.

Surpreendi-me ao ver que a galeria estava lotada também do lado de dentro, repleta de pessoas alegres, divididas em círculos, copos de plástico cheios de uísque ou refrigerante, guardanapos de papel. Muitas passavam de um grupo para outro com desenvoltura, como se fossem animadores de espetáculos; um rapaz magro e alto, olhar de tartaruga e barba longa, vestido todo de amarelo, acenava de forma estridente para outro que acabara de chegar, agitando os dedos das duas mãos à altura dos ombros, numa velocidade tão espantosa que me lembrou um beija-flor matando a sede. Todos riam muito, pareciam sentir-se muito bem naquele ambiente cheio de luz e paredes brancas – paredes neutras, para usar um termo mais apropriado para a ocasião.

Achei estranho que se fizesse a abertura de uma exposição sem a presença das obras do artista, mas como era a primeira vez que ia a um evento como esse, imaginei que fosse assim mesmo: nos dias seguintes à festa, raciocinei, passados os cumprimentos e as matraquices, as obras seriam expostas e todos voltariam ao mesmo local, mas aí apenas para apreciá-las, tranquilamente. Ao ouvir uma moça de cabelos vermelhos e vestido preto comentar com outra – também rubro-negra – algo a respeito de uma das obras de Martinez, deduzi, no entanto, que estas deveriam mesmo estar expostas naquela noite, quem sabe em um outro salão, mais ao fundo da galeria. Forcei então mais alguns passos no meio daquele aglomerado de gente que não parava de crescer. Engano, porém: a galeria acabava uns vinte metros depois da entrada e não havia nenhum outro salão.

Pré-histórico em matéria de arte, só depois de dez minutos, zanzando por ali, percebi que uns tabletes de cera envolvendo cordas e arames, presos ao longo de uma das paredes, e uns pedaços de couro cortados jogados em dois cantos do salão, mais alguns fios delgados de cobre pendendo do teto, só depois entendi que eram essas as obras de arte, ou as "buscas", como a elas se referia o cartaz da entrada, expostas ali, para todos, por Juan Martinez. Pensei então na dimensão enorme da minha própria ignorância. Eram evidentes, e logo me pareceram humilhantes naquele momento, o meu despreparo, a minha insensibilidade artística e, em consequência, o meu isolamento, por assim dizer, social.

Apesar de várias tentativas, não consegui ter empatia com nenhuma daquelas peças expostas, para as quais todos se voltavam admirados entre uma conversa e outra, entre um gole e outro de vinho branco ou uísque, e sobre as quais, percebi mais atento, todos ali conseguiam fazer longos comentários. Apenas um estranhamento me fazia balançar a cabeça, como uma sequência de interrogações sobre os seus possíveis significados, sobre onde encontrar o valor daquilo tudo que justificasse uma presença tão grande de pessoas na galeria. Cheguei a desejar que Miriam aparecesse por lá, seria muito bom, pensei, ela com certeza poderia me dizer se aquilo eram obras de arte mesmo ou não. Ali eu era um ser estranho saído da floresta, embora algumas pessoas – escorregando de um círculo para outro como fios passando por diversas roldanas – até me cumprimentassem efusivamente, sempre simpáticas e alegres, algumas inclusive estendendo-me a mão com intimidade e perguntando "como vai?", sem aguardar a resposta.

Encostei-me numa parede, ao lado de um grupinho de rapazes que discutiam entusiasmados alguma coisa sobre os impressionistas franceses (que eu não conhecia, até então), da pobreza material e da falta de compreensão que esses pintores do final do século passado tiveram de enfrentar até serem reconhecidos, não sem resistências eternas, após vários anos. "Tudo começou ali", disse num tom professoral um rapaz de lentes de contato azul-turquesa, magro, mãos delicadas e gestos largos.

Incapaz que eu era de compreender de fato o que significavam os impressionistas, minha saída foi andar de lado, animalescamente, atrás de um garçom. Grudei-me a uma parede. Depois de dois copos de uísque, perplexo com o número de pessoas que ainda não parara de crescer dentro da galeria apenas para ver e comentar aquelas esquisitices, resolvi enfim agir, ou seja, sair em busca de Juan Martinez. Perguntei por ele ao garçom que me servira e este me indicou próxima dali a estrela da noite: um rapazinho sentado num banco isolado, ao fundo da galeria, conversando discretamente, apenas ele e uma mulher bem mais velha, bastante magra, cabelos mechados, óculos grossos e gestos comedidos – uma senhora elegante, enfim, aristocrática, me parecia, que eu soube mais tarde ser uma professora universitária de História da Arte que publica críticas de vez em quando em um jornal importante da cidade. Ao contrário do que eu supunha, não foi difícil me aproximar.

Martinez pediu licença, saiu por uma porta que pensei fosse a do banheiro, e fiquei sozinho entre dezenas de quadros, alguns inacabados, peças espalhadas pelo chão de tacos de madeira, mesas longas e cadeiras frágeis, cavaletes antigos, um armário de uns dois metros de altura com as portas abertas deixando ver no seu interior cinco prateleiras lotadas de latas e tubos de tintas (a grande maioria importados da Bélgica, observei bem os seus rótulos em francês), pincéis nacionais, vidros e caixilhos dos mais variados tamanhos. Apesar de ser filho de um tradicional comerciante de tintas, nunca havia visitado o local de trabalho de um artista. Aquele ateliê, maior do que a própria galeria em que o vernissage havia ocorrido, dava ao visitante a impressão de que seu dono adorava fazer o que fazia – o que, convenhamos, é raro encontrar.

Aparentemente, havia um caos. Mas um olhar mais atento percebia logo cada coisa no seu devido lugar. Havia uma ordem quase militar, que só não transparecia de imediato por causa da variedade de cores e objetos. Ao lado da janela, num dos cantos do salão, encontrei uma mesa de madeira escura e exuberante na sua solidez. Estavam espalhadas sobre ela ferramentas que fariam inveja a qualquer amador de bricolagem: serras, chaves de fenda, martelos, pregos de todo tamanho, chaves-inglesas, torniquetes. Num dos cantos havia uma espécie de máquina de fazer massa para pão, assim ela parecia com seu cilindro metálico ao meio, mas soube depois que aquilo era uma prensa, usada para produzir gravuras. O mais impressionante: ao lado e passando por cima dessa mesa de trabalho, ou seja, emoldurando-a, erguia-se uma biblioteca com centenas de livros de Arte.

Juan Martinez voltou carregando com as duas mãos um quadro sem moldura e coberto de poeira. Quando virou a obra para que eu pudesse vê-la, não havia dúvida: era um retrato a óleo de Márcio Goldstein, em tamanho um pouco menor que o natural. A tela, pintada muitos anos antes, estava desgastada, segundo Juan, porque a tinta usada na época era muito ruim; ele, Martinez, não tinha então condições de comprar das importadas. Mesmo assim, sentado a uma mesa, de lado, Goldstein era ali uma figura resplandescente, o pescoço e o rosto virados para fora do quadro, olhos cheios de energia, em direção ao eventual espectador; a mão esquerda tateava a página de um livro; na mão direita, em vez de lápis ou caneta, segurava uma régua amarela. No lugar das roupas de alfaiate que eu conhecia, trajava uma camiseta azul e uma calça branca; sem relógio no pulso, usava cabelos longos e desgrenhados.

Minha reação inicial foi a mais óbvia possível: "Foi você quem pintou?", perguntei, admirado com a técnica, os detalhes bem-acabados e a força da expressão de Goldstein, além da incrível semelhança com o meu sócio "real". Sem esperar pela resposta, afastei-me para ver o quadro de longe, e os olhos daquele Goldstein pareciam então ainda mais vigorosos; olhavam-me com rigor e altivez, uma sobriedade e uma sede de saber que me deixaram calado diante de Martinez. "Tínhamos dezessete anos", respondeu Juan, com sua voz calma e seus gestos suaves, ao depositar o quadro sobre uma *bergère* de veludo verde, os olhos logo avermelhados. Nesse momento me dei conta de que seria impossível alguém falar em voz alta dentro daquele ateliê.

Martinez deu-me as costas de novo e retirou de um armário azul de madeira dois copos e uma garrafa de vinho do Porto, Foi o sinal para que lhe dissesse o que estava fazendo ali, ou, mais exatamente, o que queria saber sobre ele e seu amigo de anos atrás. Impactado ainda, no entanto, pela beleza e pela precisão do retrato de Goldstein, deixei-me desviar do objetivo principal da visita. Pedindo permissão para uma ousadia, fiz a pergunta que estava entalada em minha garganta desde o vernisssage e que agora, no ateliê, ganhava ainda mais força: como uma pessoa que domina tão bem a técnica do desenho, assim pelo menos me parecia pelo retrato, tinha parado de lidar com isso e fazia agora peças soltas, de materiais esquisitos, sem nenhum sentido, como as que estavam expostas na galeria? Eu mesmo não poderia fazer uma peça daquelas em apenas uma tarde, colando uma coisa em outra sem maior preocupação? E não teria, ainda assim, a mesma receptividade que testemunhara no vernissage? Aquilo é mesmo arte, afinal?

O olhar que Juan me lançou quando acabei de fazer essas questões fez com que me sentisse um pouco estúpido e ao mesmo tempo agressivo – ele era mais novo do que eu, devia ter no máximo trinta anos (a mesma idade de Márcio), mas naquele momento, e naquele local, era eu a criança, o discípulo diante do sagrado professor. No entanto, ele se mostrou logo muito agitado, como se tivesse à frente um desafio – e percebi então que na verdade tinha gostado da pergunta que eu fizera. O copo de vinho à mão, Juan foi até a estante e retornou com um livro que devia pesar pelo menos dois quilos. Era uma edição norte-americana, em capa azul, sobre a vida e a obra de Pablo Picasso.

O avô de Martinez, eu soube durante a nossa conversa no ateliê, era da mesma cidade onde Picasso nasceu e viveu seus primeiros anos: Málaga, no litoral da Espanha. E mais: seu avô foi contemporâneo do agitado pintor andaluz e talvez até tivesse cruzado com ele em alguma rua ou praça, evidentemente sem se conhecerem. Mas a paixão de Martinez pelo "mestre" espanhol, como ele dizia, não tinha origem apenas nessa coincidência, que ele prezava muito. Com didatismo, mostrou-me a evolução artística de Picasso, que desde criança dominava genialmente as técnicas de desenho e que, no entanto, só entrou para a História da Arte quando subverteu, também genialmente, assim disse Juan, essas mesmas técnicas, criando o Cubismo.

O domínio perfeito da técnica, explicou-me Martinez, não pode ser mais do que um instrumento para a verdadeira criação, aquela que sabe que todas as formas e cores têm sua expressão própria, cabendo ao artista fazer com que ela floresça diante dos olhos de quem as vê, ou ainda, permitindo que este projete na obra os seus próprios sentimentos, a sua própria maneira de lidar com seu espaço, com aquilo que vê, cheira ou toca. Martinez parecia-me convicto de tudo o que falava. Ilustrando a explanação com as fotografias do livro sobre Picasso, dava àquela função do artista o nome de "gesto poético", outras vezes falava em "ato poético", ou ainda em "fazer poético", o que, para mim, devo confessar, nos três casos era uma ação abstrata demais, quase incompreensível. Por essa concepção, ele dizia entusiasmado, como um professor apaixonado pela sua disciplina, um objeto qualquer, desde que trabalhado a partir de um "gesto poético", pode adquirir tanto ou mais valor, pode tocar as pessoas tanto ou mais profundamente do que uma pintura de aparência técnica perfeita mas sem expressão. Se isso é de fato uma obra de arte ou não, ele disse, já não é um problema do artista, não é um problema meu, mesmo que eu queira considerá-lo meu, disse Martinez para minha surpresa; na realidade esse é um problema para os museus e galerias, para os críticos, os professores e o público.

Enquanto eu saboreava, já mais relaxado, o vinho do Porto, Martinez apanhou um giz branco de sobre a mesa e começou a escrever algumas expressões num quadro-negro apoiado sobre um cavalete. Ele dizia: o importante, e o mais difícil, tanto num caso como no outro, é criar a partir da obra uma "tensão benéfica" – e escrevia essa expressão no quadro-negro –, o "estranhamento positivo" – e escrevia na lousa também essa outra expressão –, uma "dilaceração do ar" – ia isso igualmente para a lousa –, algo que, ao permitir uma "fruição" do objeto em si – e ele escrevia "fruição" no quadro-negro –, desperte também emoções, as mais inesperadas, em quem vê a obra. Nada o impediria, portanto, de voltar a pintar algum retrato no sentido clássico, como o de Goldstein, desde que todos esses "elementos sensibilizadores" (essa era uma das expressões que ele mais utilizava e que também escreveu no quadro-negro) pudessem estar presentes.

É preciso ir aos detalhes, até o último ponto alcançado pelo olho – ele falava em modelado, glacis e eixos –, enxergar ou criar aquilo que o olho realmente vê, ressaltando na tela as deformações introduzidas nos objetos ou nas pessoas pelas nossas próprias mentes – esse era o segredo de Picasso, explicou-me Martinez; por isso é que o pintor espanhol retratava, ele sim, o real da vida dos homens.

Uma simples pedra redonda pode ser a feliz deformação de um rosto, disse Martinez desenhando um rosto disforme no quadro-negro, da mesma forma que um cubo de cera poderia, dependendo de seu equilíbrio, de sua condensação, poderia ser a expressão de uma dor profunda. Se a Música é irmã da Matemática, as Artes Plásticas são a sublimação da Física, disse o pintor, e disse tudo isso com paixão, eu sentia, como se recitasse algum poema. E ele então escreveu: "Música = Matemática" e "A. Plásticas = Física".

Jogou o giz de volta à mesa, foi então à estante e apanhou um outro livro, ainda maior que o primeiro, mas desta vez de esculturas, de um artista de quem eu nunca ouvira falar, Alberto Giacometti. Ao longo das páginas, que ele folheava para mim como se fossem de ouro, surgiam figuras humanas longilíneas, alongadas como árvores de altura sem fim, frágeis, fios metálicos enfeixados e fundidos, dando forma a criaturas cuja força de expressão era desproporcional à delicadeza de suas estruturas. Na aparência, Giacometti não tinha nada a ver com Picasso, e Martinez não tinha nenhum parente que tivesse vivido no pequeno vilarejo cheio de neve onde esse escultor nascera, ele me explicou. Mas, a seus olhos, os dois artistas se cruzavam no essencial: as formas ousadas de olhar – para desenhar, pintar ou esculpir –, a disposição para decompor e reconstituir os seres, como deuses marotos, para o bem ou para o mal.

Naqueles corpos criados por Giacometti, ao mesmo tempo equilibrados e em constante busca de equilíbrio, se viam mais as cintilações dos rostos das pessoas do que em qualquer fotografia atual, assim ele usava as palavras, para me convencer da importância de tudo aquilo. Arte era isso, dizia Martinez, capacidade de mostrar o interior através do externo, no heroísmo de uma criação, ele falava em ideais, e foi então que mencionou, emocionado, a história dos bons impressionistas franceses, no final do século passado, apaixonados pelas nuances do lume, dizia, precursores do próprio Picasso, e do próprio Giacometti, em outros termos mas precursores mesmo assim, ele explicava, nessas explorações.

Giacometti era o escultor dos cegos, ele me dizia, assim aquele artista foi classificado uma vez pelo escritor francês Jean Genet, que o admirava e soube, como ninguém, com os olhos fechados, fazer os dedos e as palmas das mãos passearem sobre aquelas peças de bronze, sentindo a força desse material "tornado carne viva pelas mãos do escultor", suas incontáveis curvas e fendas, fazendo nesse passeio de mãos uma viagem pela solidão de um ser, ser único no seu refúgio, onde ninguém o alcança; eram assim os homens, as mulheres e os animais, as obras todas de Giacometti, que eu olhava com estranhamento e avidez.

Sabia que não tinha entendido tudo o que ele quis me transmitir; nem sei até hoje com certeza se desde aqueles momentos pude ver alguma obra artística de modo diferente. Mas, indiscutivelmente, à vontade em seu habitat, Martinez conseguia me abrir os olhos, isso sim, para um mundo até ali bloqueado, impenetrável e, devo dizer, sem nenhuma ressonância nos meus sentidos.

Martinez repôs na estante, no mesmo lugar de sempre, os volumes sobre Picasso e sobre Giacometti. Ao retornar, de novo com seu copo de vinho à mão, disse que Goldstein era um apaixonado pelos impressionistas franceses – embora tivesse ódio do fato de que gostar daqueles pintores tornara-se moda numa certa época, um século depois de suas obras nascerem, e que, como é da natureza das modas, isso seria passageiro; nesse caso, dizia Goldstein então, criminosamente passageiro. E era também admirador de Giacometti; aliás, disse Juan, fora ele, Goldstein, quem lhe "apresentara" o escultor.

Uma das melhores diversões que os dois tiveram juntos quando eram amigos foi "interpretar" de diferentes ângulos as obras daquele "movimento" francês e ficar horas admirando as fotografias das figuras criadas pelo escultor suíço. E assim, viajando em divagações e lembranças, dessa forma tão natural e inteligente, exclusiva de quem doma a vida com as mãos, o próprio Martinez nos conduziu ao assunto que me levara ao vernissage da noite anterior e me trouxera ao aconchego de seu ateliê: Márcio Goldstein.

Para minha surpresa, meu ex-sócio foi um dos responsáveis pela decisão de Juan de ser artista. Como poucos na sua idade, contou-me Martinez, Goldstein sabia se concentrar num assunto até esgotá-lo, ou pelo menos não o abandonava enquanto não tivesse a sensação de que o fizera. Além disso, tinha uma facilidade enorme para transcrever ideias de qualquer tipo para o papel, ideias que surgiam de conversas esparsas entre eles ou em um grupo maior. Martinez e Goldstein tinham certeza de que este último seria para sempre um poeta, e para isso trabalhavam juntos, esclareceu-me Juan. Pois, para eles, poesia, pintura e escultura andavam irmanadas, nas suas estruturas sutis e trabalhosas, nos seus equilíbrios e movimentos, ele dizia, na expressividade ilimitada de sua ourivesaria, era assim que Martinez usava as palavras. Escultura, pintura e poesia viviam de imagens; esculpir a mesma pessoa de diversas formas, pintar a mesma paisagem ou cena de maneiras diferentes, dependendo do momento do dia e portanto de sua luminosidade; assim era também a poesia, para eles, fazer surgir através das palavras um objeto, um ser ou uma relação, e depois fazer nascer outra vez aquele mesmo objeto, ou aquele mesmo ser, ou a mesma relação, mas já com outras palavras, dependendo de seus novos estados. Os dois passavam portanto horas juntos, e foram horas de prazer extremo, pensando e trabalhando com base nessas convicções, assim falou Martinez.

Goldstein, apesar de tímido (que contraste com o Goldstein que conheci!), era sempre caloroso e delicado com os amigos e com os colegas, qualidades ainda mais valiosas por serem consubstanciais a uma pessoa de convicções dificilmente cambiáveis – foi feito desses elogios explícitos o relato de Martinez. Reciprocamente, Goldstein era também muito querido pelos outros. A conclusão a que cheguei, no desenrolar sedoso de seu discurso, foi de que o jovem Goldstein era muito parecido com o Martinez de agora.

Chamou-me a atenção uma frase curta do pintor ao contar um episódio "pitoresco" (palavra dele) ocorrido naqueles anos. Foi durante uma exposição de artes e poesia num colégio, organizada pelo "grupo de debates" do qual ele e Goldstein faziam parte. No dia da inauguração, não havia ninguém da família de Goldstein presente – ao contrário do que acontecia com todos os outros colegas. O então poeta estava acostumado com isso e não dava muita importância. Mas no final da noite, aconteceu: uma de suas irmãs, a mais nova (Martinez não se lembrava de seu nome mas eu já entendia que se tratava de Miriam), entrou no salão às escâncaras e, de um momento para o outro, enquanto expositores e organizadores polemizavam alegremente sobre os resultados da mostra, avançou em direção aos quatro painéis de cartolina que traziam poemas de Goldstein, arrancou-os da parede, rasgou-os um por um, pisoteou os restos com brutalidade à vista de todos, para se retirar em seguida, altiva, sem dar explicações, como um terrorista que acaba de cumprir sua tarefa militante. Um dos expositores ainda tentou agarrar Miriam para exigir-lhe alguma satisfação mas foi contido por Goldstein. Sem se despedir, Márcio saiu também logo depois, com os lábios trêmulos e deformados, disse Martinez, por alguma dor, algo ali irremediável. "O apoio de Goldstein sempre foram os seus amigos e colegas, jamais a família", assim falou Martinez no ateliê – e esta foi a frase curta que ficou marcada em mim.

Ao final, esvaziando de uma vez seu copo de vinho, Juan pediu-me, "por favor", que encaminhasse o retrato a Goldstein, caso o encontrasse. Ele disse que não queria encontrar Márcio "em pessoa", assim se expressava Juan, pois temia uma decepção; sabia que o ex-colega não se tornara um poeta nem nada semelhante; sabia que Goldstein estava muito diferente daquele que conhecera mais de dez anos antes, muito diferente, portanto, daquele rapaz estampado no próprio retrato a óleo. Se eu não encontrasse Márcio, eu lhe devolveria a obra o mais rapidamente possível, diretamente ou através de algum emissário. E assim ficou combinado.

Saí do ateliê embriagado por causa do vinho do Porto, mas também, acredito, por causa das muitas dúvidas que àquela altura pululavam na minha cabeça. Em meu escritório, depois de admirar mais uma vez o belo retrato de Goldstein e limpá-lo com um espanador, coloquei-o no cofre – talvez não como se guardasse um verdadeiro tesouro, mas com a certeza de ser ele, dali em diante, a peça mais valiosa da hesitante "Goldstein & Camargo".

8

Formou-se tamanha confusão diante dos perfis de Márcio traçados por Pasquali, Miriam e depois por Martinez, tão inexperiente e fragilizado me sentia para enfrentar a personagem multiforme ali em gestação, que resolvi procurar o professor Duílio Refahi – era ainda a minha referência, minha condução mais sóbria naqueles momentos. Como sempre, o professor foi solícito e amável ao telefone, e marcamos então um almoço numa cantina perto do vale do Anhangabaú, onde ele costumava fazer as suas refeições nos dias de semana.

Se os locais mais frequentados em nossas vidas deixam em nós as suas marcas para sempre, como a força do seu cheiro, algum detalhe de decoração ou os pratos característicos, esse restaurante do centro da cidade, de cozinha italiana, tinha, e agora ainda mais, um valor extraordinário para mim: foi ali que, alguns anos antes, Márcio, Refahi e eu decidíramos, sob o impulso do professor, dar por nascido, portanto à luz, como se diz, o escritório de advocacia "Goldstein & Camargo".

Refahi, assim era de seu costume, pediu filé mignon com batatas fritas e, depois, uma salada de frutas de sobremesa. Esse detalhe não teria importância aqui, não fosse o fato de que, também como sempre, o professor insistiu em falar durante todo o almoço sobre a importância nutritiva da batata, da carne e das frutas, e mais uma vez era impossível interrompê-lo. Depois, saboreando um café de coador – o único aspecto negativo do restaurante, na minha opinião –, passou a comentar uma crise política interna à faculdade de Direito, assunto também reincidente, que ele continuou a abordar já do lado de fora enquanto me conduzia para passear, e só aqui é que não foi repetitivo.

O jardim da cobertura do prédio do Banespa, no viaduto do Chá, chamado "Jardim do Patriarca", local que eu nunca havia visitado antes, apesar de passar por ali, embaixo, centenas de vezes ao ano, é bem conservado, com uma variedade de plantas que me surpreendeu. Som de pássaros em pleno centro da cidade, flores, insetos pacíficos, enfim, como não poderia deixar de ser, o jardim nos proporcionou relaxamento e calma – impossível encontrar atmosfera mais adequada para a conversa que eu pretendia ter com Refahi. Até chegar a ela, porém, tive de aplacar a minha ansiedade por vários minutos. Não só por causa do ritual burocrático imposto para se subir até o jardim – um crachá especial, um segurança de terno sempre nos acompanhando, primeiro em um elevador amplo de paredes metálicas, depois em um outro menor, antigo, com a porta de madeira movida à mão –, mas principalmente porque, uma vez lá em cima, segurando-me pelo antebraço direito, Refahi não parava de falar sobre os tipos de vegetais em meio aos quais nos movimentávamos. Mais uma vez, caminhando a passos curtos pelos corredores, éramos aluno e professor.

Impressionou-me – sempre fiquei impressionado com Refahi, impressionado é mesmo a palavra mais adequada aqui –, impressionou-me, então, naquele passeio, o conhecimento que ele tinha das plantas, cujos nomes e apelidos declinava um atrás do outro sem exibicionismo, explicando-me inclusive as suas origens. Extraordinário saber o nome do que se vê, assim se vive com mais intensidade, eu pensava, o que aliás, penso agora, torna muito interessante e justificável – qualidades excepcionais – a lei que obriga os fabricantes a descreverem suas mercadorias, de maneira padronizada e "científica", nas embalagens em que são vendidas. Aprendi com Refahi, por exemplo, que é muito mais vibrante ler "hastes flexíveis com pontas de algodão" em vez de apenas "cotonetes", ou ainda "ácido ascórbico 1 grama" no lugar de "vitamina C". Vibrante também ouvir um artesão interiorano com a namorada, dizendo-lhe num só fôlego, ao tirar de uma bolsa de couro uma espécie de espátula prateada: "Com esse formão-goiva eu vou talhar o teu sonoro e formoso prenome nesse dócil pedaço cru de maracatiaria." Assim falam os homens de verdade, penso. Pois, para Refahi, tão natural quanto saber que o que eu trazia no bolso da camisa chamava-se caneta era denominar tal ou qual arvorezinha de "pé de caqui", ou "pimenta dedo-de-moça", dizer que tal planta é a "erva-doce", aquela ali "chá de quebra-pedra" ("para quebrar as pedras nos rins", ele complementava com naturalidade), essa outra uma jabuticabeira pequena, e mais adiante um eucalipto "anão" ou uma pitangueira; ou então um comentário do tipo "veja só essa bananeira, meu amigo, veja como suas bananas estão longas e raquíticas, e sabe por quê? Porque, pelas regras rígidas desse jardim, elas não podem ser colhidas e, assim, nunca se desenvolvem plenamente...". Maravilhoso, eu pensava, ouvir um canto de pássaro e dizer com segurança absoluta eis um sabiá-laranjeira ou *Turdus rufiventris*, ou então aquilo é um pássaro-preto, é um bem-te-vi. Assim era o magricela, o pequeno, o curvado, o míope Refahi. Quanto a mim, ainda hoje mal posso afirmar em qual região da cidade fica o Horto Florestal e muito menos, com certeza, dizer o nome da florzinha amarela nascida recentemente na floreira de uma das minhas janelas – regada, a bem dizer, com devoção, pela faxineira.

O passeio peripatético no jardim – com o segurança nos acompanhando atrás o tempo todo, a pequena distância, como era de seu dever pelo regulamento do edifício – durou algo como dez ou quinze minutos, até que nos sentamos em torno de uma mesa redonda e branca, próximos do hall de entrada e do pequeno tanque de peixes que existia por ali. Foi só então que pude expor a Refahi as minhas preocupações.

Como um índio-menino a consultar o seu ancião na aldeia, eu planejara minuciosamente as palavras iniciais, queria de todo modo abordar os dois casos que tinha para desvendar, o de Luca Pasquali – o caso, digamos, profissional – e o do próprio Goldstein, que virava um enigma talvez ainda maior para mim. Contei-lhe então os relatos sobre Márcio feitos a mim por Luca Pasquali, Miriam Goldstein e Juan Martinez. Contei-lhe também o que havia dito Rebeca, a mulher de Márcio, quando esteve no escritório, sobre o comportamento estranho e a crescente instabilidade do marido. Nesse primeiro momento, sem me dar conta, acabei não mencionando ao professor o crime de Pasquali e os temores que tinha diante das dificuldades para fazer a sua defesa.

Acariciando um gato – só então notei que havia outros gatos espalhados no jardim –, Refahi não respondeu nada. Parecia estar se concentrando, entendi, para me contar a história de um tio seu chamado Ramez, cristão maronita – o professor gostava mesmo de dar o nome ou classificar as pessoas e os animais –, que morava em Beirute, no início do século.

Ramez era um cidadão de posses, assim disse Refahi, pertencente à elite local, formada na adoração de tudo que fosse de procedência francesa. Aos vinte e seis anos de idade, foi enviado pelos pais a Paris para estudar comércio exterior e capacitar-se para assumir o controle dos negócios da família no Líbano, país que ele preferia chamar ainda de Monte Líbano. Era fino, de berço, bonito e falante, disse Refahi. Em poucas semanas, com seu sotaque árabe, conheceu em Paris uma garota também libanesa que, como ele, estava na cidade transitoriamente. Começaram a sair juntos, e a moça, que dizia chamar-se Marie, revelou-lhe que era judia e que tinha planos de não voltar mais para o seu país. Após inúmeros e charmosos passeios ao longo das margens do rio Sena, o sol ao fundo, assim dizia Refahi, acabaram apaixonados um pelo outro, apesar da diferença religiosa.

Obrigado a voltar a Beirute três anos depois para assumir suas responsabilidades de herdeiro, bastante contrariado, Ramez exigiu de Marie a promessa de que voltariam a se ver e de que ela iria pensar seriamente em voltar ao Líbano também, para se casar com ele. Passaram-se meses e Ramez recebeu cartas e mais cartas de Marie, que se mudou para o interior da França. Corresponderam-se durante anos, Ramez convidou-a outras várias vezes a se mudar para o Líbano, até que, de uma hora para outra, ela deixou de mandar-lhe cartas. Segundo Refahi, ele então nunca mais teve notícias de Marie e se conformou com a ideia de que ela teria morrido sob a ocupação da França pelos nazistas na Segunda Guerra Mundial.

Achei essa história deslocada, excessivamente cinematográfica, meio sem pé nem cabeça, mas o professor jurou que ela era verdadeira. "E o que isso tem a ver com Goldstein?", perguntei sem delicadeza, pois afinal estava ansioso para chegar ao ponto.

Refahi acomodou um gato no colo e contou então que, na verdade, poucos meses após o retorno de Ramez a Beirute, toda a família já sabia que Marie não gostava mais dele; ela havia mandado uma carta, sob pseudônimo, para o irmão mais velho de Ramez, o pai do próprio Refahi, chamado Suheil, pedindo sua interferência, dizendo que queria pôr fim àquela correspondência mas não sabia como, por temor de magoar o namorado, que ela classificava como "extremamente frágil". Pelo fato de Ramez se apoiar cada vez mais nas cartas de Marie, no entanto, ninguém transmitiu a ele aquele desejo da namorada. Mantiveram-no num mundo, portanto, irreal, e isso durante quase dois anos, com medo de que o conhecimento da realidade o desequilibrasse e afetasse também, em consequência, os negócios da família – os quais não iam muito bem na época e onde ele, Ramez, precisava de toda maneira assumir as suas funções, assim ao menos raciocinavam todos eles. É evidente, contou-me Refahi, que quando de repente as cartas de Marie pararam de chegar ele se desnorteou, afastou-se do trabalho por semanas, apegando-se logo, para sobreviver, à hipótese da morte da namorada.

Para Refahi, e então entendi onde ele queria chegar desde o início com aquela história de outro mundo, a maior parte das pessoas vive de suas próprias fantasias, foge dos seus próprios fantasmas, trafega na irrealidade, durante anos, às vezes a vida inteira. O único meio de conhecer a essência de uma pessoa é através dos seus atos no presente, disse o professor ainda acariciando o gato – não sei de que raça, Refahi não me disse. A história desse alguém, contada por outros ou por ele mesmo, será sempre, de propósito ou não, pura versão, resquício, desejo, algo, de toda forma, distorcido para sempre. Não se sabe o que ela foi ontem ou o que será amanhã. "E qual é a verdade?", ele perguntou, logo respondendo a verdade, no passado e no futuro, é uma coisa que não existe.

Na sua maneira de ver as coisas, então, eu não deveria me preocupar com o que fora contado sobre Goldstein por todas aquelas pessoas que o conheceram antes de mim. Como saber se o que elas diziam era verdade ou não? Como saber se isso significaria uma repetição no futuro? Impossível saber, na opinião de Refahi; assim como seria impossível acreditar no que o próprio Márcio diria a seu respeito. A conclusão, para mim, ele sugeriu, só podia ser uma: esquecer o "caso Goldstein", que para Refahi na verdade não existia, e dedicar-me ao caso Pasquali, este sim real, presente, já complicado o bastante, insistiu o professor, erguendo-se para irmos embora.

No elevador, à saída do "Jardim do Patriarca", senti uma certa insatisfação. Provavelmente falhara, não conseguira tirar de Refahi alguma coisa mais direta, alguma orientação professoral e inquestionável, que era o que queria, sobre o que fazer, para poder dizer a mim mesmo, com mais precisão, quais deveriam ser os próximos passos. Parecia-me torta aquela conversa sobre o seu tio Ramez, embora tivesse sido agradável, como sempre, ouvir o professor contando alguma história. Havia, insisto, uma frustração. Mas hei de recuperar-me, concluí com melancolia ainda no elevador, enquanto passávamos às mãos do segurança os nossos crachás especiais.

Já embaixo, de volta ao viaduto do Chá, pedi a Refahi que fosse em pessoa ao nosso escritório, excepcionalmente, para participar de uma reunião sobre Pasquali. Essa ideia surgiu de supetão e serviu para que não considerasse de todo desperdiçada, como me parecia até ali, a rara oportunidade de ter estado com ele a sós. Não se tratava sequer de um assunto meramente pessoal, eu disse isso também para convencê-lo: era a própria "Goldstein & Camargo" que estava sem rumo nesse caso. Para meu alívio, então, acertou-se o encontro para dois dias depois e nos despedimos. Apesar de ter sentido que ele aceitara o convite sem entusiasmo, caminhei mais reconfortado para o estacionamento, não sem antes tomar um café de máquina, saudosamente – a pastinha de couro debaixo do braço –, no largo São Francisco.

9

Refahi entrou na "Goldstein & Camargo" pela primeira vez depois de muitos anos. Nossas consultas, sempre informais, vinham se tornando mais raras e se faziam por fax ou por telefone. Afora isso, ele era um homem recolhido, daquelas incomuns personalidades sobre quem se pode dizer que suportam bem a própria imagem ao espelho e conseguem ficar sozinhas com prazer, em paz consigo mesmas, seja em silêncio junto aos objetos de seu quarto, seja ao som tranquilizador da sua própria voz no escuro. O professor só viera até ali em atenção ao meu apelo, o último apelo, a última chance na verdade, eu acreditava, para evitar o desastre maior.

Goldstein avisara a Sandra que chegaria atrasado ao encontro, de forma que pude adiantar a Refahi o objetivo principal – ao menos para isso se dirigia o meu esforço – daquela reunião: convencer o meu sócio de que a tese de legítima defesa no caso Pasquali estava equivocada e nos levaria a um fracasso. Expus em detalhes a história de Luca para o nosso mestre (bem-vinda sensação de conforto, me dá a possibilidade de escrever isso, "nosso mestre", algo arcaico, sei bem, mas algo também valiosíssimo quando se busca um abrigo, mesmo que seja para encontrá-lo somente aqui, na memória...), o atento Refahi, ali curvado, agitando entre um gole e outro de café a sua caneta esferográfica Bic de quatro cores, anotando palavras soltas numa folha de papel com o símbolo impresso da "Goldstein & Camargo" - assim Márcio definira no início o nosso logotipo, cheio de humor e entusiasmo: "Tem o timbre pós-moderno, que vai durar pelo menos até o ano dois mil." O professor não me olhava de frente, preferindo preencher a folha de papel com tinta ora azul, ora verde, ora preta, ora vermelha, a folha de papel então logo cheia de seus rabiscos e anotações, enigmático, a cabeça baixa, o que me deixava inquieto mas submisso. Seria no entanto ridículo representar diante de Refahi o papel de mero relator, sem engajamento na querela. Por isso, fui explícito ao lhe expor também a minha avaliação sobre aquilo tudo, mostrando sem desvios a minha opinião, de forma simples, responsável e determinada: não tínhamos outra saída, argumentei tecnicamente, senão ir em frente e aprofundar a tese da insanidade mental de Luca Pasquali. Artigo 26, eu dizia, referindo-me ao Código Penal. A linha da legítima defesa proposta por Goldstein era suicida, além de carecer de elementos plausíveis e convincentes aos olhos de qualquer juiz ou jurado; era na verdade uma defesa - essa sim legítima, por certo, mas sem valor legal e portanto ali descartável - erguida aos trancos, às cegas, uma defesa na realidade apenas de si próprio; não uma defesa jurídica do Pasquali atual e verdadeiro, arrasado em seus crimes e em sua infelicidade, mas a defesa interiorizada do passado comum e supostamente harmônico dos dois, passado de toda evidência irrecuperável, que Goldstein poderia conservar apenas na memória, como qualquer outro, mas ao qual no entanto, e assim falei a Refahi já adiantando o meu pessimismo, ele mesmo, Goldstein, parecia largar-se, numa espécie de decomposição antecipada.

Goldstein entrou na sala sem se fazer anunciar, interrompendo a minha falação. Estava tenso, cheio de pastas sob os braços, um olhar de guerreiro vitorioso – ou de um visionário lunático, dependendo de o observador saber o que existia por trás dele, como eu sabia. Abraçou-se longamente a Refahi, que ficava ainda menor perto dele, e em contrapartida cumprimentou-me a distância, numa demonstração inequívoca de que ali teríamos mesmo, como eu esperava, uma reunião definitiva. Mal acabando de sentar-se, depois de pedir um café "bem quente" a Sandra, abriu algumas das pastas e, espalhando documentos sobre a mesa, saiu-se com uma frase que me deixou ainda mais apreensivo: "Está tudo bem. A vitória está garantida. Dixi!". Foi aí que, silenciosamente, sentindo-me esmagado, deflagrei a contragosto a nossa contagem regressiva.

Goldstein disse que já tinha várias testemunhas – vizinhos de Pasquali, parentes e colegas de um e outro trabalho, além de um insuspeito guarda-noturno, todos dispostos a demonstrar já na fase de instrução e perante qualquer tribunal, se fosse preciso, o quanto Luca vinha sendo há meses pressionado pela mulher, que o ameaçava. Ele disse também ser uma prova da legítima defesa o fato de que o assassinato de Aurora fora cometido com uma facada só, um golpe apenas, sem portanto a fúria e os exageros característicos dos crimes de alguém fora de si ou que queira, feito um canibal, essa linguagem figurada foi usada pelo próprio Goldstein, devorar o outro ao matá-lo. "E a ocultação do cadáver?", perguntei sem olhar na cara dele, apenas para ver até onde Goldstein poderia ir naquela sequência de raciocínios tresloucados. "Expediente normal em qualquer crime amador", ele respondeu, olhando e sorrindo para Refahi, como se esperasse do mestre uma aprovação automática para os seus encaminhamentos.

Da minha parte, senti que chegara mesmo a hora de uma definição. Disposto a interferir para que ela fosse a melhor para todos nós (ingenuamente, sentia tudo desabar na minha frente, mas insistia em acreditar numa reversão da queda), fui à minha sala e tirei de uma gaveta, para espalhar também em seguida sobre a mesa da reunião, as cópias dos atestados médicos emitidos em diferentes ocasiões sobre Luca Pasquali passados a mim por Rosângela. Ali estavam documentos irrefutáveis, eu imaginava. Refahi debruçou-se por quase dez minutos sobre eles, enquanto a tensão entre mim e meu sócio não parava de aumentar.

Senti-me na ofensiva, e sem dar tempo aos dois de terminarem a leitura, anunciei a verdadeira "bomba": Pasquali era reincidente!, detalhando então o que Rosângela me contara sobre o assassinato daquele pescador anos antes perto de São Sebastião. Disse que ainda não tinha comigo nenhuma documentação oficial a respeito, mas isso era secundário, fácil de localizar. Não estava blefando, portanto, foi o que quis deixar bastante claro para Goldstein. Por paradoxal que possa parecer, fiz esse anúncio com alegria, um certo sarcasmo, com um sorriso até, coisa maligna, admito, mas espontânea, como quem chega ao lance do xeque-mate após uma longa e tortuosa partida de xadrez.

Surpreso com aquela documentação e com o novo dado, mais armado ainda do que já estava e antes mesmo que o professor encerrasse a leitura dos atestados, Goldstein se levantou e disse que aqueles papéis eram muito antigos, sem validade, além de forjados, na sua opinião, pela família de Pasquali. Para ele, um exame agora, por isso mesmo, não revelaria diagnósticos nem sequer próximos daqueles. Além disso, ele dizia, referindo-se ao caso do pescador, não havia reincidência alguma, simplesmente porque desta vez, assim como da outra, na sua opinião, não houve crime algum, posto que Pasquali agira sempre em legítima defesa. Estava evidente, ali, a recusa do meu ex-sócio de aceitar a realidade.

Fiz então as perguntas elementares; "Se foi legítima defesa, como você vai explicar que Pasquali e Rosângela esconderam o cadáver e não foram dar depoimento diretamente à polícia?", e ainda "se você está tão certo da sua integridade psicológica, por que então não pedirmos os exames agora, para nos livrarmos de uma vez por todas, se for o caso, dessa linha de defesa que proponho?". A resposta de Márcio foi um contra-ataque, eu diria até infantil, mas atiçado pela firmeza de quem declara guerra, sem retorno: "Não vou submeter Pasquali a isso mais uma vez, não vou repetir um crime que a família já cometeu contra ele, que nunca teve nada de demente; você na verdade está com medo, e eu não vou deixar que isso me domine; prefiro ficar paralítico, prefiro perder os sentidos a ter medo, se você quer saber. Não há mais discussão sobre essa estratégia. Eu sinto muito. Ela é óbvia demais. Não há crime algum. Qualquer legista sério saberá ver isso com clareza. Dixi." Essas palavras foram ditas e dirigidas a mim não apenas através da boca de meu sócio, como seria natural, mas também através dos seus olhos, então órgãos metálicos, agentes nada secretos, encarregados de uma única missão: expulsar-me dali.

Muito bem, se tudo estava dito, se não havia discussão possível, afirmei, não havia também razão para continuarmos juntos naquela sala, ainda mais na presença de alguém tão ilustre – foi o adjetivo mais respeitoso que encontrei na hora – como o professor Refahi. Pedi desculpas ao professor pelo que estava acontecendo, guardei os documentos nas pastas e acendi um cigarro. Quando me levantei em seguida, decidido a deixar a sala, porém, Refahi segurou-me pelo braço e insinuou com o olhar para que me sentasse. Entendi que ele tinha decidido dizer alguma coisa para nós, embora eu não esperasse, e nem achasse possível, uma definição tão rápida de sua parte.

"Os dois têm razão", disse o professor, olhando melancolicamente para a caneta de quatro cores largada sobre a folha de papel cheia de garatujas. "Pode-se matar alguém em legítima defesa num acesso de demência, afinal! Por que descartar uma coincidência tão viável?" Ainda mais em se tratando de reincidência, ele disse, o segredo estaria na combinação das duas teses, com o que seria, aí sim, assegurada no tribunal, ou ainda antes, no decorrer do processo, a inocência de Luca Pasquali. Poderíamos conseguir pelo menos a semi-imputabilidade, ele dizia. Na maneira de ver de Refahi, não havia razão para nos desgastarmos em desavenças, que ele considerava nesse caso inúteis. Disse ainda que, se quiséssemos, ele poderia levantar em uma simples pesquisa diversos casos anteriores em que essa combinação de circunstâncias havia ocorrido, inclusive em outros países. A jurisprudência estava a nosso favor. "No Direito sempre será encontrada a luz; ele jamais nos deixará nas trevas, pois é a arte do bom e do justo", disse Refahi, retomando um princípio já repetido por ele antes, inúmeras vezes.

Foi a hora de Goldstein se levantar. Mas em vez de ameaçar sair da sala como eu tinha feito antes, gritou como se alguém lhe tivesse lançado uma ofensa extraordinária, dirigindo-se ora a mim ora ao professor Refahi: "Não existe demência alguma no Luca! Não existe demência alguma, seja passageira, seja permanente!" Por outro lado, ele dizia, o que o professor disse confirma que houve legítima defesa de qualquer maneira; não há como escapar disso, ele insistia buscando apoiar-se em uma parte do que Refahi havia falado. Com um rolo de papel na mão direita, formado pelos diversos documentos, eu disse – calmamente, pois não queria impedir a continuidade daquela discussão – que Goldstein estava vendo as coisas pelo avesso e deturpando o raciocínio de Refahi. Era o contrário, argumentei: o que o professor demonstrava era que seria impossível, pela lei, sustentar-se apenas na tese da legítima defesa sem juntar a ela o problema da inimputabilidade por desajuste de ordem mental. Isso era evidente para mim.

O professor rabiscou mais alguma coisa com sua caneta de quatro cores e pediu a palavra, dizendo que nesse caso a Justiça só poderia ser encontrada no meio-termo, mas foi logo interrompido por um Goldstein então aos berros, afirmando que Refahi e eu estávamos fora da realidade, não conhecíamos nada de Luca Pasquali... Como Goldstein gritava desproporcionalmente, eu me ergui com a intenção de lhe pedir que se sentasse, pois para mim sua agressividade estava passando dos limites; mas o que saiu de minha boca foi um "cala a boca" lancinante, também aos berros ali, tendo perdido portanto, eu também, o controle sobre as minhas reações, enquanto Refahi se retirava da sala em silêncio, o corpo curvado, a pastinha de couro verde sob o braço, como quem já adivinhasse, na sua maestria, que ali um acordo seria impossível.

Saí da sala correndo para tentar alcançar o professor antes que ele tomasse o elevador, mas foi em vão. Convencido de que Goldstein palmilhava às tontas, por um caminho sem volta, irresponsavelmente, apenas gritei do corredor em direção à sala em que nós três estávamos reunidos antes e onde o meu sócio permanecia: "Estou fora. Saiba que a 'Goldstein & Camargo' está fora disso. Esse caso é só seu! E espero que você se afogue de uma vez, você junto com esse seu Pasquali de merda, se é o que você procura!", retirando-me para a minha sala, onde fiquei trancado, em pânico, cheio de caretas, envolto em fumaça durante várias horas. Com a ponta de um cigarro, ateei fogo a um bloco de papel com nosso timbre.

10

Um dos oficiais de Justiça, o mais velho, magro e de longos cabelos brancos ondulados, ergueu-se de sua cadeira furioso e caminhou a passos largos, cruzando a baia, atravessando toda a frente do plenário, em direção à porta de entrada do salão. Apesar de educado nos gestos, sob o olhar indignado do juiz, foi com a mesma determinação de um experiente policial que ele afastou então um rapaz de walkman pendurado no pescoço, óculos e boné que puxava assunto com um dos jurados – o que era proibido e poderia até gerar o cancelamento do júri. Uma vez retirado o estranho da sala do Quinto Tribunal, efetivado já também o retorno do oficial ao seu posto ao lado do escrevente, ficou-se então sabendo, para alívio geral, que o tal rapaz era apenas um entregador perdido, interessado em saber – e isso perguntava momentos antes a um dos jurados, sem entender nada do que ocorria ali – onde ficava a sessão de despachos do Fórum. Foi este o único momento de descontração durante as cinco horas do julgamento de Luca Pasquali.

A defesa de Luca foi elaborada apenas por Goldstein, febrilmente, durante vários meses, fora do nosso escritório. Ele alugou uma sala de uns vinte metros quadrados, somente para dedicar-se a isso. Aumentava a cada semana a quantidade de testemunhas forjadas, inclusive de amigos de infância e outros vizinhos antigos, dele e de Pasquali. Sua meta, fácil de adivinhar, era resolver o caso de modo irrefutável já na fase de Instrução. Isolado, um telefone sempre à mão, Goldstein fez inúmeras tentativas de convencer Rosângela de que não seria necessário um novo exame psiquiátrico, aquilo era bobagem e poderia até causar prejuízos, pois Pasquali obviamente estava em perfeitas condições, era o mesmo e querido Luca de sempre, argumentava Goldstein – vítima, este sim, na minha opinião, de um irracionalismo surpreendente; um Luca apenas um pouco perturbado pelo desemprego, dizia Goldstein a Rosângela para tranquilizá-la, nada mais do que um homem cansado, esgotado de andar às voltas com uma nociva indefinição profissional e um desequilíbrio afetivo, sem qualquer apoio, esse o Luca de Goldstein.

Certo de que saberia persuadir juiz e jurados, meu ex-sócio embalou-se naqueles meses em um frenesi que eu poucas vezes havia visto, em que empregou com certeza o máximo das suas energias. Foram dias e noites de extrema dedicação, com ensaios, revisão de estratégias, novas revisões a cada semana, a retórica feita e refeita. Sandra me contou que Goldstein trocara o seu vestuário impecável por uma sandália ou tênis, calça jeans e camisetas; seus gestos, antes sempre bem estudados, davam lugar a uma postura de abnegado, comparável à de um "cientista louco", ela me disse.

A sala alugada não tinha nas paredes um só quadro, uma só gravura. Parecia uma biblioteca revirada por ladrões, livros, pastas e papéis espalhados sem qualquer ordem aparente, um microcomputador num dos cantos, contou-me Sandra, ela também cada vez mais preocupada, lucidamente temerosa frente ao que poderia acontecer, não apenas com o réu mas com o próprio Goldstein – um homem de barba crescida, alucinado naquela entrega. Não vi meu sócio nem sequer uma vez no decorrer daqueles meses.

Durante esse período, porém, conversei com o professor Refahi em várias oportunidades. Em todas elas, minha intenção foi convencê-lo a falar com Goldstein novamente, fazer com que seu ex-aluno desistisse daquela empreitada, salvá-lo enfim de uma irracionalidade brutal vinda eu não imaginava de onde mas que o levaria inexoravelmente em direção ao abismo – era essa a minha grandiloquente opinião. Para mim, de fato, nunca ficara tão demonstrada a ideia de que existe uma relação direta, e não apenas indireta, entre ser advogado e viver fora da realidade, tamanhas as fantasias construídas por Goldstein em seu isolamento. Era o nosso risco desde o início da sociedade. Agora, portanto, meu temor não era apenas pessoal: sabia que ele estava sem sustentação na realidade e temia que o absurdo arrastasse a própria "Goldstein & Camargo" para um impasse.

Mas o professor Refahi mostrou-se sempre apático nessas rápidas conversas. Em todas elas também saía-se com a mesma argumentação, débil e surrada: Goldstein é um homem muito orgulhoso; é maior de idade, cheio de brio, dizia-me o professor; não tem jeito, ele vai até o fim nessa experiência, nem que seja para cair mesmo no abismo. Enfim, ele, o professor, não poderia fazer nada para abalar aquela abnegação. Vindo de um mestre como Refahi, esse comportamento de Pôncio Pilatos – não consigo deixar de dizê-lo agora – foi, àquela altura, causa de uma grande decepção para mim.

O caso começou a ganhar até mesmo alguma repercussão na imprensa. Eu me assustava com isso e tentava me segurar... Emissoras de rádio e jornais chegaram a me procurar no escritório para obter declarações, mas insisti em demonstrar o tempo todo que a "Goldstein & Camargo" não tinha nada a ver com aquilo; meu sócio havia assumido o caso Pasquali em caráter pessoal, o escritório não tinha mesmo nada a ver com aquilo, eu explicava e insistia, e só ele poderia, assim, responder pelo andamento da defesa. Tentava, como se diz, salvar os dedos, considerando que os anéis já estavam caindo das mãos, ao menos era essa a minha visão dos episódios naquele momento.

O maior golpe, para mim, no entanto, foi ler em um jornal, apesar de todos os meus esforços em contrário, que Pasquali havia sido a causa de uma ruptura definitiva em nosso escritório. Era uma frase pequena, quase escondida ao pé de uma reportagem, mas essa verdade, com toda a sua dor, ainda não havia sido incorporada por mim.

Audiência após audiência, Goldstein saía cada vez mais animado do Fórum Regional de Pinheiros. Sandra, que o ajudava, cedida por mim, também começou a se mostrar mais otimista, chegando a me pedir uma vez para voltar a me envolver no caso; a vitória, para ela iminente, seria uma ótima oportunidade para uma reconciliação, enfim, estava em jogo, e aí ela tinha toda razão, o futuro da "Goldstein & Camargo", não as vaidades de cada um, ela dizia, sempre com a sua forma simples e sincera de se expressar. Chegou a pedir-me para pensar se não estaria sendo covarde ou omisso, ao que declinei de responder. Estava tão convencido do erro de Goldstein que, na verdade, nem sequer pude refletir sobre as proposições de Sandra com seriedade.

Por mais que quisesse, não conseguia me afastar completamente do caso. Convocada a pedido do irmão para depor como testemunha secundária de defesa, Miriam me telefonou para expor sua intenção de não depor em instância alguma e também de não comparecer de forma alguma ao julgamento, mesmo que isso tivesse consequências legais para ela. Mas disse também, e aí comecei a antever mais firmemente uma catástrofe, que, se decidisse de última hora fazer o contrário, seria para estar presente e depor, onde quer que fosse, contra o réu.

Recordei-me então da ameaça, ainda abstrata na ocasião, que ela fizera contra o irmão naquele dia em que fui à sua casa, dia abençoado, devo dizer, quando pela primeira vez vi uma mulher passar sem nenhum intervalo de uma atraente santa – pois ela não foi assim tocando com dedos leves e ágeis a sua harmônica de vidro? – a uma criatura assumidamente maléfica – assim ela se fez sem escrúpulos ao descrever o seu Goldstein para mim naquele mesmo dia. Agora, eu não sabia muito bem o que dizer, pois Miriam continuava uma incógnita, crescente na sua monstruosidade, desde que passei a vê-la como realmente era e não como a minha saudosa e pacífica ex-massagista. Por instinto, a voz arrastada, alterada pela impotência, guardando uma reserva ali injustificada, como se o próprio bocal do telefone fosse um inimigo, apenas fiz um apelo. "Não piore as coisas ainda mais, Miriam"; um apelo fátuo, devo admitir, patético, simplório e risível – foi o máximo que consegui elaborar –, ao qual ela nem sequer se deu o trabalho de responder, batendo o telefone de imediato.

Rosângela, que acabaria sendo obrigada a responder mais tarde como cúmplice de Luca Pasquali na ocultação do cadáver de Aurora, também entrou em contato comigo, dizendo estar em dúvida, em visita ao escritório, se não seria o caso de eu tentar convencer Goldstein mais uma vez da necessidade – ela usou essa palavra: "necessidade" – de alterar a sua linha de defesa. Ela temia por Pasquali e por ela mesma, é claro. Mas eu já me encontrava de fora, em definitivo, repeti isso a ela também, fiz questão de não expor a minha opinião ali e deixei claro também para ela que portanto eu não tinha mais responsabilidade na história do caso Pasquali; Goldstein era o condutor e eu não tinha como interferir. Disse isso a Rosângela letra por letra, devagar e com dificuldade, já que, a cada letra, por assim dizer, correspondia uma lágrima no seu rosto, aquele rosto sempre largo e sem vigor.

Duas semanas antes do julgamento, fui procurado por Rebeca, também no escritório. Ela disse que tinha ido às compras no shopping Iguatemi e resolveu fazer-me uma rápida visita. Ao contrário do que aconteceu meses antes, no nosso primeiro encontro, porém, a mulher de meu ex-sócio estava agora cheia de movimentos, lépida; os olhos, aqueles olhos antes tristes de impressionar, encaravam-me aureolados e sem temor. Goldstein era um outro homem, disse Rebeca tomando café – e aí notei que estava usando batom, vi suas unhas crescidas e pintadas, a saia bem mais curta do que aquela usada da primeira vez. Até as filhas já sentiam a diferença, à noite, quando o pai voltava bem-humorado de seu trabalho febril. A certeza de Rebeca era de que o envolvimento de Goldstein no caso Pasquali e sua convicção de que sairia vitorioso no tribunal estavam transformando todo o seu comportamento, voltando, ele, Márcio, a ser generoso com ela e carinhoso com as crianças.

A razão pela qual Rebeca me procurava, cheia de coragem, ela disse então, era para pedir que eu não deixasse aquele entusiasmo se desfazer, que aproveitasse o que ela chamou de "o novo Goldstein" para reanimar-me também. "Uma nova fase", ela disse isso tentando sorrir e me convencer a mudar de ideia. É claro que fiquei surpreso com essa transformação, agradeci mesmo a sua iniciativa e disse que estava feliz em vê-la daquele jeito alegre, mas não menti ao final da nossa conversa. Para mim, o ânimo de Márcio era passageiro, disse isso a ela com franqueza, mesmo correndo o risco de parecer um irremediável pessimista, um insensível rabugento, fosse o que fosse. E tanto fui claro e lógico, que a miúda Rebeca interrompeu-me logo com violência e saiu apressada do escritório, pedindo desculpas, alegando hora marcada no cabeleireiro, compromisso que dizia ter esquecido. Pretexto besta, evidentemente, falso e improvisado, raciocinei ao vê-la sumir para dentro do elevador, mas compreendendo que, no auge de seu reerguimento, era para Rebeca insuportável ouvir o que eu tinha a dizer sobre aquele que, para mim, era um efêmero "novo Goldstein". Foi após esta visita que pensei em mandar cartas apócrifas para Goldstein.

No dia a dia das repartições, os julgamentos ou audiências têm muito pouco daquele glamour de cinema. Naquele dia memorável, o decisivo dia do julgamento de Luca Pasquali, os jurados estavam com muita cara de sono – eles estão quase sempre assim, na verdade, sentados em suas cadeiras compulsoriamente, com a mesma expressão de apatia que teriam se ali estivessem sentados para controlar uma eleição na sala de um estabelecimento escolar qualquer, ou para assistir à televisão. Três mulheres e quatro homens "do povo", transformados em sábios, imprevisíveis, desqualificados no seu faro desatento, no seu raciocínio meramente funcional, esses jurados estavam ali no entanto para decidir, ao menos indicar, a trajetória de várias vidas que nada tinham a ver com as suas – estranho poder, incontornável poder eles viam cair ali sem qualquer esforço sobre as suas mãos de donas de casa, caminhoneiros, secretárias e professores. Fisionomias, devo dizer aqui, que tantas vezes me atemorizaram na sua frieza, e muitas outras pela visível ausência de sensibilidade jurídica. Assim, cheio de temor e maus presságios, assim pelo menos eu encarava aquele júri formado para decidir, com o magnânimo juiz, o destino de Luca Pasquali e, indiretamente, o de Márcio Goldstein.

Sentado na quarta fileira do auditório de poltronas de couro pretas, então quase vazio, também via, à minha frente, na segunda fileira, as nucas imóveis dos pais de Pasquali, um senhor careca, troncudo e pequenino, uma senhora bem mais alta do que ele, de lenço vermelho na cabeça. No outro lado do auditório, na ala à direita do corredor central, perto das janelas, havia uma mulher vestida de preto, óculos escuros, loira, os lábios cobertos por um batom vermelho nada discreto, com uma enorme bolsa de couro preta, mais um saco na realidade, sobre o colo. Duas fileiras atrás dela, um pouco mais à direita, reconheci Juan Martinez, paletó de linho bege e uma camiseta amarela, as pernas cruzadas, o olhar apreensivo em direção a Goldstein, que acabava de se acomodar à sua mesinha, junto de Sandra, enquanto Pasquali era conduzido por um policial à cadeira de réu, tendo a seu lado Rosângela – também ali para ser julgada. Havia ainda uns cinco ou seis curiosos espalhados no auditório.

Do outro lado da baia que delimita o espaço do plenário, dentro do "palco" portanto, sentado à direita, também próximo às janelas, Pasquali tinha um rosto tranquilo. Um ventilador giratório agitava seus cabelos em intervalos regulares. Imaginei até que estivesse drogado, mas isso logo me pareceu improvável. Ele encarava os sete jurados, agrupados bem em frente, com ousadia, detendo-se perto de um minuto em cada um, como se tivesse decidido dispensar o trabalho de seu advogado de defesa, preferindo extrair sua clemência diretamente daqueles que, por sua vez, o ignoravam, demonstrando um tédio sem pudor.

À frente de Pasquali, Goldstein, com o rosto de novo bem barbeado, cabelo impecável, o terno alinhado como nos tempos mais pacíficos de nossa sociedade, manejava sua caneta

Montblanc com destreza entre os dedos, como se fosse uma minibaliza, arrumava em seguida os papéis com enorme agitação sobre uma pequena mesa, mas não olhava para ninguém. O próprio juiz, um senhor alto e forte de origem japonesa e feições gélidas que tornavam indecifrável o seu pensamento, era ignorado por Goldstein enquanto se acomodava e reacomodava na sua altura superior, sob a cabeça perfilada de um Cristo cravado em um pedaço de cobre, preso à parede de lambri escuro. Todas as pessoas, à exceção de Pasquali, pareciam estar ausentes aos olhos de Goldstein. Figuravam no máximo como objetos, aos quais ele não se sentia na obrigação de se dirigir. Dir-se-ia estar mais do que nunca certo de vitória. Procurei por Miriam, mas não a encontrei. Olhei para o relógio de parede, próximo dos retratos dos juízes que já haviam passado pela Casa; era uma e meia da tarde. Veio então o embate.

O promotor, jovem, tão aprumado quanto Goldstein mas sem gel no cabelo loiro e curto, mostrou-se à vontade, gesticulava e rodopiava no salão ocupando todo o espaço que podia. Em uma hora de exposição, repleta de dramaticidade, dobrando os joelhos algumas vezes para enfatizar alguns detalhes, transformou o assustado Luca Pasquali num criminoso dos mais abomináveis, um ser de quinta categoria. Goldstein fechava os olhos por vários segundos, apertava uma mão contra a outra, contorcia-se, movimentos esses que, na minha opinião, eram um péssimo sinal, significando que ele poderia, mesmo sem querer, acabar dominado pela emoção – e isso seria fatal.

Pois foi mesmo um Goldstein alterado quem tomou a palavra em seguida. Seus gestos na barra não correspondiam às frases, e quando isso por vezes acontecia, ainda assim vinham com atraso em relação a elas. Sequer uma vez Goldstein arrancou uma expressão, mínima que fosse, de simpatia dos jurados.

Ficava quieto por alguns segundos, como se tivesse esquecido alguma coisa; quando lançava uma interrogação, visando a criar um clima de suspense, não acontecia nada mais do que um silêncio disforme no salão. E o pior: o eixo de sua argumentação – a legítima defesa –, repetindo frase a frase o que me havia dito desde o início do caso, transformou-se, pelo menos aos meus olhos, numa sequência desordenada de ideias esdrúxulas, culminando com sua última frase, insana, ridícula e absurda frase, dita em latim, para espanto de todos: "*feci quod potuit, faciant meliora potentes*", quer dizer: "fiz o que pude, façam melhor os que puderem". O promotor e o juiz, os únicos que, creio eu, além de mim, entenderam a frase, tentaram esconder os seus sorrisos. O promotor menos do que o juiz, evidentemente. Goldstein voltou à sua cadeira sem olhar para ninguém. Sandra, ao seu lado, engoliu em seco.

 À medida que o tempo passava, com a réplica do promotor, a tréplica de Goldstein, as poucas testemunhas depondo, novas idas e vindas do promotor e de Goldstein, as interjeições do juiz, a impassibilidade dos jurados e do réu, à medida que o tempo passava, caíam uma a uma as frágeis argumentações da defesa. A atuação de Goldstein produzira até ali um fiasco integral, ficando Pasquali, Rosângela e ele próprio expostos a uma humilhação cortante, a uma desarticulação, a uma consternação patética, a essas tragédias todas juntas, assim eu sentia o andar do júri esmagando Pasquali.

 Goldstein não conseguira sensibilizar minimamente os jurados, isso até ali estava claro para mim. Nada magnânimo, o juiz, de um momento para outro, sentiu-se até mais à vontade para fazer muxoxos, tão evidente a desarticulação da defesa, tão risíveis os seus contraditos. De seu lado, em sua bancada de privilegiados a contragosto, os jurados mostravam-se cada vez mais aliviados e inquietos, eu sentia isso de modo claro, tão facilitada que ficara a sua tarefa diante das evidências. Os pais de Aurora, que só depois de algum tempo percebi serem o casal que se sentara junto daquela mulher loira de batom vermelho, agitavam-se indisfarçadamente. À minha frente, os pais de Luca e Rosângela, ao contrário, entreolhavam-se a cada minuto, sempre mais assustados, a mãe enxugando as lágrimas com um pequeno lenço enquanto o marido troncudo olhava para todos os lados do auditório como se buscasse a ajuda de alguma cadeira misteriosa; às vezes, dirigia-se aos próprios jurados com os olhos, para implorar-lhes, numa última tentativa, que fossem compreensivos com seus filhos. Impunha-se portanto a necessidade de uma grande virada no curso do julgamento, caso seu destino fosse a vitória da defesa de Luca Pasquali.

Nenhuma das inúmeras reações das pessoas ali presentes, durante todas aquelas horas, poderia ser comparada, no entanto, à de Goldstein quando o juiz, retornando da sala secreta em que estivera por meia hora com os jurados e os oficiais de Justiça, olhando para o fundo do salão e calmamente, como se dissesse que iria ainda chover naquela tarde, anunciou o veredicto: Pasquali culpado por homicídio, reincidente, e também Rosângela condenada, por ajuda e ocultação de cadáver. Já erguido, Goldstein apoiou as duas mãos no tampo da sua mesa, fechou os olhos energicamente com o rosto voltado para o teto. Um filete de sangue começou a escorrer-lhe da narina direita. As pernas trêmulas e abertas mais do que o normal, o sangue agora cobrindo parte dos lábios e partindo para o queixo, caminhou devagar até Pasquali, que já era levado por dois guardas, e a ele ficou agarrado pela cintura, ao lado de um quadro-negro, como uma criança se prende à mãe para tentar impedir que esta saia de casa. Não dizia nada, apenas atirou longe, em direção à parede, a sua enorme e valiosa caneta Montblanc, rachada ao meio com a violência do golpe.

Luca, os olhos imobilizados em direção ao chão, abraçou-se também a Goldstein, por cima dele, dobrando-se sobre o corpanzil do amigo advogado (não pude ver se o meu ex-sócio estava chorando; presumo que sim, apesar de não ter percebido soluços ou tremedeiras). E assim ficaram os dois homens altos, com a permissão dos guardas, na mesma pose, grudados um no outro, por vários minutos.

A partir daí, esvaziando-se, a sala do tribunal se transformou num velório.

Juan Martinez, com quem eu evitara trocar qualquer palavra, um olhar que fosse, tamanho o meu desencanto, tamanho o meu medo de encarar a sua tristeza, retirava-se do auditório com a cabeça baixa, esfregando os olhos e, para meu espanto, de mãos dadas com Miriam Goldstein – era ela, entendi então, aquela mulher loira de forte batom nos lábios que eu observara próxima às janelas antes do início do julgamento; só que agora se deixava ver, com a peruca retirada e os lábios inchados, sem qualquer batom, ficando apenas, daquela figura inicial, os óculos escuros a esconderem, bem sei, o vermelho dos próprios olhos. Atrás deles saíam os pais de Goldstein – que haviam chegado após o início da sessão –, estes ainda assim com as cabeças erguidas, ele de terno, ela de tailleur.

Rebeca e Sandra se juntaram e ficaram em pé perto da baia de mãos dadas e os olhos sem piscar, como duas bonecas, a primeira com a boca também aberta em forma de um ovo na horizontal, a segunda com um lenço no nariz, ali ficaram, aguardando o fim daquele abraço resignado entre Goldstein e Pasquali, abraço que só se encerrou muito depois e apenas por exigência do velho oficial de Justiça de cabelos brancos. Sandra olhava-me fixamente. Ela me odiou naquele instante.

Sentados desde o final ainda nos mesmos lugares, os pais de Pasquali se levantaram cheios de indecisão, caminharam sobre o carpete marrom com medo de o teto cair-lhes sobre a cabeça, para se agarrarem febrilmente a Rosângela, quase rasgando o seu vestido e também as próprias roupas um do outro. Os três às lágrimas eram o desespero.

As cadeiras ficaram vazias. Peguei então a minha pasta de couro, consultei o relógio (eram seis e meia da tarde), encarei novamente os retratos dos ex-juízes daquela Casa afixados ao lado da porta de entrada e me retirei, olhando para o chão, rumo ao elevador.

11

Goldstein já tinha se alienado quando consegui tirar Luca Pasquali da prisão. Tirei-o dali sem muito esforço, devo admitir, após algumas perícias que constataram o óbvio – e isto me permite reiterar que, apesar de tudo, o Direito é mesmo a arte do bom e do justo. Afirmo "sem muito esforço" apenas no aspecto formal ou processual, evidentemente, pois a decisão de lutar pela liberdade para Pasquali só aconteceu depois de extrema turbulência em minha cabeça. E no entanto, fiz o que deveria na verdade ter feito muito antes, talvez evitando também a fuga do próprio Goldstein, não sei (algum homem tem poderes para evitar derrocadas assim?). Pois havia sido o idiota mais perfeito, tenho certeza, um exemplo de covardia e omissão naqueles meses que antecederam ao julgamento. Por que desisti de enviar cartas apócrifas a Goldstein? Está mais claro do que nunca: deveria ter freado a insânia, era disso que se tratava, deveria ter ido direto ao ponto, deveria ter interferido para que o juiz obrigasse a um exame de Pasquali ou coisa semelhante. Mas não: fui insosso, uma sopa rala, prato sem tempero.

Tirei finalmente o Pasquali da cadeia – é o que importa, e importa muito, ao menos para mim. Ele estava numa condição deplorável, de um jeito sem qualquer vida, assim o encontrei, como quem sofre uma dor permanente, os passos ainda mais lentos, a voz mirrada sem se despedir de ninguém. Perguntou-me por Goldstein quando saímos da penitenciária e ele se sentou no banco dianteiro do meu carro, ao meu lado, sem nenhum sorriso. Não tive coragem de dizer-lhe a verdade, não disse nada, mudei de assunto; ele também não insistiu, nem poderia afinal, desnorteado que estava, cansado e vacilante, procurando abrigo em mim. Apenas disse a ele que, se insisti tanto nesse caso, no seu caso, foi também por causa de Márcio. E aí estava ao menos uma parte da verdade: tirei Pasquali da cadeia por causa de Márcio Goldstein.

É uma espécie de ambulatório, o lugar onde Pasquali está internado há alguns anos. Não tenho feito visitas, não sei como anda, sinceramente não faço ideia agora. Talvez ele volte para casa daqui a alguns meses, pode ser mais, pode ser menos, para aquela casa que tanto impressionou meu ex-sócio desde sempre. Não sei como isso aconteceria, temo um tanto pelo meu cliente involuntário, pois Rosângela, cumprindo pena em liberdade, finalmente se casou e não quer mais saber dele. Mas eu, pelo menos isso está garantido, acredito, eu me redimi.

Em parte, é também verdade, pois preciso entender ainda o que talvez seja mais difícil para mim, não apenas para mim, a bem dizer, mas para a "Goldstein & Camargo", aquela pequena tabuleta que se enferrujou tão precocemente; devo buscar entender o que tenho procurado abafar, para não aprofundar a minha prostração já imedicável: onde acabou Duílio Refahi? Por que ele não me preveniu de nada do que realmente iria acontecer? Ele sabia, tinha de saber, é evidente que ele sabia, mas ele deixou as coisas acontecerem. Sou obrigado a dizer isso. Ele tinha como nos prevenir, a Goldstein e a mim, de que estávamos caminhando para um desastre, o que fosse! Ele podia nos guiar naquele labirinto e não o fez. Ou estou errado? Por que ele desapareceu? Por que ele se omitiu tanto ou mais do que eu? Por que ele não quis ver que havia uma contradição real, ora, que uma contradição não pode ser apagada simplesmente pela boa vontade, que é preciso aprofundá-la para resolvê-la? Será que não viu isso, coisas assim, que só sei porque ele mesmo as tinha ensinado para nós? Não posso acreditar! Só ele poderia antecipar-se naqueles momentos decisivos. Fiquei perguntando a mim mesmo durante anos: Por que Refahi não foi ao julgamento de Luca Pasquali? Por que desapareceu na hora mais difícil, justamente nessa hora mais difícil para nós, que éramos, como ficou provado, incapazes de enfrentar sozinhos aquele tumulto? Por que saiu sem avisar que não voltaria, dizendo apenas, com aquela voz aguda como de criança, que "a virtude está no meio"? Isso quer dizer que um mestre acaba?

Isolado estupidamente, depois de anos de vida medíocre, estou exausto nesses últimos dias. Tenho estado exausto nesses anos todos, na verdade. Desde que se rompeu o pacto, adormeço exausto e acordo exausto. Erro entre a mágoa de um fraco e a raiva de um náufrago... Acho que assim me tornaram aqueles delírios infantis de Goldstein, seu irrealismo doentio, as arengas insensatas e as ladainhas, sua saudade das erranças juvenis – erranças tolas, sei hoje, forçosamente sem saída! – e minhas próprias aberrações. Assim me tornaram essas interrogações inconclusivas sobre Refahi, tenho certeza disso. Quase, eu digo, porque não consigo ter certeza de nada.

Recebi há alguns meses uma carta de Rebeca. Há anos não me escrevia. Ela e suas duas filhas estão muito bem em Paris, ela diz. A mais velha tem aulas de piano, adora jazz e música erudita; é uma notícia razoável. As duas pequenas falam o francês tão bem quanto o português. E nenhuma das três pensa em voltar para cá. Acho que têm razão.

Recebi também um telefonema de Miriam, há poucas semanas. Ela e Juan Martinez já estão com um filho de três anos. Ela disse que é uma graça de criança, um garoto são e bonito, Miriam usou essas palavras, um pequeno menino de cabelos lisos e pretos, sensível, alegre, brincalhão, esperto, cheio de potencialidades artísticas. Será um homem feliz, ela me garantiu, ela na verdade gritou isso para mim ao telefone...

12

Esta manhã, após vacilar muito, fui finalmente ao encontro de Márcio Goldstein. Ao contrário do que esperava, não foi difícil achá-lo. A comunidade terapêutica onde ele vive fica a pouco mais de trinta quilômetros de São Paulo, no meio de uma extensa área verde, com árvores e plantas de todos os tipos, alguns animais e um lago estreito e comprido, em forma de osso.

Na recepção, fui atendido por um senhor gordo de barba longa e grisalha e por uma moça magérrima, com pouco mais de vinte anos de idade, ambos com as maçãs do rosto inusualmente avermelhadas. Quando anunciei trazer uma encomenda para Goldstein, os dois se entreolharam instantaneamente, dando-me a entender estarem muito contentes com a notícia, como se minhas mãos trouxessem, na realidade, um presente para eles dois.

Saltitantes, como adolescentes desajeitados, ele bem mais do que ela, conduziram-me por aleias de cascalho bem cuidadas, com flores de várias cores nas beiradas. A uns cinquenta metros da beira do lago, os dois guias simpáticos ainda à frente de mim, comecei a ouvir uma música que me pareceu conhecida, um som esticado e suave, como órgão de igreja. "Ele fica sempre à sombra de uma jabuticabeira e não recebe visitas há anos", disse o senhor de barba, olhando para trás em minha direção, cheio de sorrisos. "Com exceção de uma irmã mais nova, que aparece por aqui a cada dois meses", complementou a acompanhante.

Ao perceber-nos aproximando, Goldstein, que estava ali sentado, as pernas cruzadas como um monge tibetano, desligou o toca-fitas, de onde entendi então que vinha aquela música familiar – claro, era a sedosa harmônica de vidro, tocada por Miriam, ele me esclareceria mais tarde –, virou-se e logo se ergueu, passando a caminhar lentamente, a passos curtos, como se pisasse grama a grama, para onde estávamos parados. Mantinha as mãos estendidas; era uma bandeja invisível o que elas carregavam. Compreendi então que ele já aguardava a minha chegada, para mais cedo ou para mais tarde, e que no fundo, apesar da calmaria vinda do lago em forma de osso, estava ansioso, como se fosse começar um novo trabalho.

Num gesto involuntariamente solene, já isolados à beira do lago estreito – os recepcionistas saltitantes se afastavam, educadamente –, entreguei-lhe o seu retrato pintado a óleo por Juan Martinez. Goldstein segurou-o com muita força – as mãos e os braços tremeram, os olhos ficaram inchados e vermelhos, e não poderia ser de cansaço, eu compreendi –, quase espremendo a moldura frágil que eu mesmo encomendara. Aquilo era um esforço extremo mas dispensável de sua parte para evitar em vão as lágrimas que se impuseram abundantes, dois veios leitosos nas suas faces.

Deu-me as costas e caminhou com a pintura à mão rumo à jabuticabeira, transformando logo um de seus galhos em suporte para aquela obra de arte íntima, exposta e abrigada a partir daquele instante num vernissage particular, para quem pudesse apreciá-la ao lado de seu modelo, encostado à árvore, desgastado mas sereno, à sombra, em seu refúgio.

Caminhei então até ali também, entreguei-lhe aliviado uma caneta e um caderno em branco, dizendo-lhe apenas "dixi, Márcio!"; e encerrando assim, os olhos em implosão, ao som do toca-fitas por ele já reativado, a parte que me coube nessa história, com toda minha fé naquele homem eu desejei em pensamento: "Que você tenha sorte e possa, desta vez, fazer um bom trabalho!"

Goldstein agradeceu balançando a cabeça, com um sorriso. Cumprimentamo-nos. E parti.

EFEITO SUSPENSÓRIO

"*Viver é, a todo instante, sentir falta de alguma coisa – modificar-se para atingi-la – e, desse modo, tender a substituir-se no estado de sentir falta de alguma coisa.*"

Paul Valéry

1

Não tínhamos capa nem guarda-chuva e caminhávamos havia horas na madrugada. Tilde parava a cada minuto para bisbilhotar um poste e eu ia como boneco de pilha, acionado pelo seu ritmo.

Quando a chuva começou, corri com ela no colo para debaixo de uma marquise, sob a qual se erguia, bem no centro, de alto a baixo, uma imensa porta de vidro, lustrada com certeza, raciocinei, naquele mesmo dia.

Nessa espécie de espelho escuro, banhado pela luz de mercúrio da rua, meu corpo coube refletido por inteiro, acentuados os traços da minha pele gasta.

A cadela lambeu o meu pescoço. Em resposta, acariciei a sua testa úmida e larguei-a de volta ao chão. Ao ver nesse movimento um cartaz afixado na coluna lateral, percebi ser aquela a marquise de um teatro. Foi aí que, fitando-me na porta enorme de vidro, comecei a chorar.

Estive paralisado não sei quanto tempo na visão do meu próprio fracasso, visão mais e mais pálida – era o sol que aos poucos a dissolvia –, e meu rosto, mais e mais salgado – eram lágrimas o que eu via –, até que a freada brusca de um ônibus me arrancou dali: por pouco Tilde não fora atropelada, por um indesculpável descuido meu.

Refeita do susto, de novo na calçada, a cadela se chacoalhou energicamente para tirar a água do corpo, enquanto eu, ainda estonteado, os olhos inchados, fazia sinal para um táxi parar. Agradeci em seguida duas vezes ao motorista o fato de ele, apesar do muxoxo, ter admitido levar-nos, molhados e exaustos, dentro do seu carro novo.

A nuca recostada no banco de trás, a mão esquerda sobre a penugem branca de Tilde, fechei os olhos para protegê-los da claridade que se fazia por todo lado e constatei o óbvio: era o dia novo se apresentando. Assim ele surgiu, como algo inevitável, e não parecia haver outra saída senão encará-lo, com o que sobrara das minhas forças.

2

Dez anos, dezessete anos, vinte anos... todos eles cabem numa só cabeça, dimensão que é tudo: limite, infinito, delírio, raciocínio. Mas, em certas noites, os mesmos dez, dezessete, vinte anos podem não suportar uma só cabeça: é quando seu proprietário se move por dores extravagantes, franze o rosto inteiro madrugada adentro, até ser derrengado pelo cansaço; e a essas horas o tempo, para ele, não sobrevive, é apenas sinal de alerta. Segurem-se bem, uns aos outros, pois de fato não haverá mais ora um ora outro; mirem-se depois, cada qual naquilo que puder ter como espelho, mas tratem logo de esquecer a imagem, para haver continuação.

Para aquele proprietário, então, aquilo a que se dá o nome de tempo é mais a memória se avolumando, concreta e dolorida, como geocamadas onde ele submerge, para voltar à tona, às vezes, em nome de algum presente. É também quando o acúmulo de anos de realizações – muitos sonhos e algumas ilusões – pode despregar-se de suas estruturas frágeis e, num intervalo mínimo, de repente, desmoronar de forma assustadora, embora nem sempre ruidosa. O cansaço, aí, passa a ser mestre daquele tempo que não existe, uma espécie de Nada, portanto; grito inicial pós-parto, como diria meu amigo Jonas, grito que acompanha para sempre os seres, os familiares e os amigos em seu entredevoramento.

Desde logo, devo dizer que não está claro se me perdi dentro de Jonas ou se deixei que ele, sem saber, me invadisse, me ocupasse totalmente; ou as duas coisas ao mesmo tempo; ou ainda, uma antes e a outra depois e vice-versa. Sei que, em poucas semanas, o mundo tornou-se ele e que, ali errando, esfacelou-se a minha capacidade de discernimento. O que traço aqui é um caminho, certamente de dor, para tentar recuperá-la, pagando à vista, e a preço alto, uma mercadoria de entrega incerta: descrever, para quem sabe desvendar, sem culpa, além de mim, aquele trajeto de esvaecimento, os passos que fizeram pó da minha inteireza.

Se essa busca for útil a outros, mesmo intocada a meta perseguida, estarei gratificado. Samaritanismo? Dispenso a hipocrisia. Então, o motivo: embora saiba incontornável e iminente a condição de réu, ao menos terei chegado – assim espero ao iniciar este relato – a algum lugar.

3

Uma briga acima do previsível com Michal. Ela tem direitos, diria Jonas. Claro, mas no atrito, argumentos voláteis, mesquinhez só vergada pela raiva.

— O aluguel do apartamento, por exemplo, pague dois terços, não mais cinquenta por cento. Calculei o tempo. Só você usa o escritório! — ela gritou. E isso era ridículo, pois Michal também tinha o escritório à disposição!

— Você passa muito mais tempo no banheiro, sei fazer contas melhor que você — retruquei.

Tomou essa resposta como ofensa e foi em frente:

— Antes botar fora o descartável no vaso do que descarregar merda num palco ou em pesquisas sobre custo de vida.

Pegou então sobre a cômoda o jarro antigo — a única peça valiosa que tínhamos — e ameaçou rachá-lo na minha cabeça. Mas logo deixou de lado o objeto, ali de fato dispensável, pois seu ódio já se materializava em corpúsculos aglomerados, que vieram arder-me o rosto depois de inflamarem o dela, verticalizado.

Sob a luminosidade tênue da nossa pequena sala de paredes nuas, o seu rosto cresceu mais e mais vermelho:

— Vivo com dois animais! — ela berrou, referindo-se a Tilde e a mim, obviamente, pois em casa só morávamos nós e a cadela, e parecia então que seus cabelos queriam sair para fora da cabeça, todos ao mesmo tempo.

– Não mete a Tilde nisso! – eu reagi dessa forma, sem qualquer conteúdo, como se proteger a cachorra, naquela hora, pudesse ter alguma utilidade real.

Nesse disparate, éramos então surdos um ao outro; extenuados, dispostos até à agressão física direta. Se, por algum fenômeno tecnoespiritual, a morte nos telefonasse oferecendo carona, Michal agarraria o bocal do telefone com força fermentada, vibrando como premiada, "claro, por favor, rápido, vem, vem...". E eu hesitaria.

No momento, haveria ali interrogação mais plausível do que "as inúmeras bandeiras à moda dos navios para sinalizar estado, de que valem se diminui a capacidade dos demais – e a nossa também – para identificá-las?"? A prova da resposta negativa foi dada pela transformação da sala em um poço, vala estreita e opressiva.

Nervos contidos, fugi afoito do apartamento, apalpando às cegas as paredes, em busca do botão do elevador. Os latidos de Tilde soavam lacrimosos por trás da porta. Queria-me – nunca tive dúvida a este respeito: se alguém um dia me quis, foi a cadela. Ali, porém, enxotei-a aos pontapés.

Aluguel? Pretexto! Mais uma vez, não me espantavam as palavras (em sânscrito, que infelizmente não compreendo, o efeito seria o mesmo), e sim a velocidade inaudita do processo de fervura, a subitaneidade daquela guerra absurda – e exatamente isso mais e mais me afligia.

Extintor de incêndio do corredor, por que não apagou aquele fogo todo?

No espelho do elevador, o rosto branco, deformação de um corpo cujo sangue abandonou a cabeça para socorrer outras partes: o coração, todos os órgãos que se comprimem e choram por ele quando a dor se implanta. Vácuo – dessa "matéria" impossível parecia formar-se uma cadeia de espinhos na garganta, escalando os interiores do pescoço rumo ao queixo, logo às faces, querendo expulsar de dentro, fio a fio, a barba de três dias, cria do desconcerto.

As correntes do elevador rosnaram em contraponto com os latidos de Tilde. Do alto até embaixo, torci para que nenhum vizinho viesse me acompanhar naquele pêndulo iluminado, de discreto movimento lateral. Ele me veria em pânico, atado à fórmica verde-clara, sobre o grosso tapete marrom com cheiro de urina. Diria "boa-noite" e, pior, antes do térreo – portanto, sem meios de escapar –, eu teria de dar alguma resposta à voz desossada, ainda mais pastosa fosse a pintora do terceiro andar (não me deixara vermelho poucos dias antes, quando aceitei beber alguma coisa depois de ajudá-la com as compras do supermercado? Entenderia ela esta cor de cadáver?).

Quanto tempo sem cavucar o jardim dos próprios olhos, eu pensava. Quanto, sem aspirar à energia da lágrima! E nesse espelho do elevador, eles, água de mar; pura a sua beleza efêmera; brilho do fundo da dor, já no primeiro andar. Mas a alma (alma? Aguardo em definitivo assistência médica!) resolvera lustrá-los no hall de entrada do edifício, com vergonha da opacidade. Faxineira bizarra, essa: permitiu-me desse modo, na rua, sentir a brisa dar refresco ao rosto, recuperando-lhe a cor.

Na calçada, raciocinei: não volte para casa; vida à razão! Nada se repetirá – o mesmo choro contido, por você e por Michal, denunciou a ruptura.

Ainda assim, não bati o portão com força, e considerei uma hipótese de paz quando cheguei à esquina. Pois não incorporar como tal a inevitabilidade da disputa sempre foi meu vício mais perigoso. Entre animais da mesma espécie, penso, natural é o contrato, não a guerra; e mesmo quando esta ocorre, só pode reinar uma harmonia perversa, como produto derivado, dissonância cedo ou tarde insustentável. Cada um escolhe. A mim, a polifonia da paz. "Hoje precisamos de Bach, não de Schoenberg", eu costumava dizer, e Michal achava isso um misto de pedantismo e ingenuidade: "você se alimenta de panos quentes", ela dizia. E atravessei a rua.

4

No hall de uma boate, conto seis painéis de feltro verde, com fotos de vedetes e celebridades de revista. Cigarro aceso, sou levado pelo *maître* de gravata-borboleta. Ficarei muito (o tempo cisma em querer-se definido)? Não importa. Pois haverá um dia melhor abrigo urbano, numa noite fria, para alguém sozinho com pouco mais de trinta anos de idade? De qualquer modo, nesta noite, prevejo, findarei num hotel, ainda sozinho.

Deposito meu peso no balcão de madeira. Peço vodca. Apago o cigarro em um cinzeiro hexagonal de vidro. Por que fizeram tão estreito este balcão?

Três doses, acendo outro cigarro e vejo na ponta luminescente os olhos avermelhados de Michal. Um garçom me empurra. Veste branco, gravata-borboleta preta, cabelo ébano de mechas brancas, um bigode denso esbranquiçado, sob os olhos duros de carvão. É o retrato fotográfico do século XIX, espéculo, caído do alto nesse cenário de cores. "Não pode ficar nesse pedaço", onde ele deposita copos, latas e garrafas, restos de salgadinhos, pipoca.

O olhar, periscópio bambo, percorre as mesas. Preciso trocar a memória por alguma coisa, tento definir se talvez não seja pela secura de um espírito entristecido, ao longo de uma inveja, quem sabe – e assim pelo menos seria algo vivo – inveja de mim

mesmo embalado por canções de ninar, muitos anos atrás. Apago o cigarro na metade; melhor mover o corpo amolecido. Cuidado! Impossível desviar: ela vem direto, a minissaia verde-limão; morena, chacoalha a voz já a meio grunhido:
 – Oferece uma bebida... – entonação ambígua; não percebo se ordem ou apelo.
 – ...
 – Me chamo Sônia. Tudo bem com você?

Não abomino mulheres, em absoluto, mas a sensualidade profissionalizada é como o ofício teatral: nada convence – com ou sem empatia – se não for de chofre. E se poucos atores alcançam isso, presumo serem mais raras ainda as prostitutas com tamanho talento, dessa maneira eu tentava raciocinar naquela semiescuridão.

É de couro marrom o revestimento dessas paredes de ângulos indefinidos? E o teto? Onde a boate acaba, afinal? Primeira sequência lógica de palavras desde a chegada, não é? Utilidade maior: varrer nesse caminhar moroso as imagens de Michal, e o desespero de Tilde. Pois então, vá em frente.

Vou recusar a oferta de Sônia, sei bem, como chiclete quando se tem chocolate à boca; é forçar a passagem. Ela percebe logo e já encara outro, com sua marcha empostada. Normal. Acendo um novo cigarro.

Essa mesa trepidante no canto tem uma luminosidade singular, clarão na selva onde rastejo predisposto à agonia, eu pensava, talvez exagerando um pouco. Todos de branco... só podem ser médicos. Dedução explicável até, pois este meu cigarro foi acionado com a fatalidade do portador de câncer já desamparado, na fase terminal (ele, que vence pesado o trecho da sala ao banheiro e sabe o amanhã paralisado pela dor profunda; que terá de se instalar no quarto descolorido de um hospital, a solidão dimensionando a via de mão única; que detectará no burburinho das enfermeiras, pelo corredor, a morte do 717, ou do 323; e que ouvirá a mocinha de camisola azul e cabelos curtos dizendo a uma visita "não sobrevivo mais dois meses"). Três dos médicos disputam os gracejos da minissaia verde-limão, a mesma Sônia em movimento lépido à minha frente, obstáculo de repente renovado, sua nuca encoberta pela fumaça que, locomotiva lenta nessa selva, ponho para fora em minha travessia. O quarto homem de branco empresta à voz um esforço teatral e recita um bilhete esquecido na mesa ao lado: "Tesouro, vamos tomar nossas medidas e medir tamanhos na cama?" Expandem-se ao álcool, também eles.

Arrasto meus ferros; aí está outra bandeira de navio. A pele resseca, apesar do calor. Por favor, mais cordas! A atenção se esforça na busca de algo, um código qualquer para sentir-se viva. E eis que surge o palco.

Conto então onze moças entre paetês e saltos coloridos, como tacões-suportes para dançarinas, cujo suor simula correntes de gotas-pérolas, superfície escorregadia refletindo traçados movediços; feixes de luz azulada, espelhos, iluminação estroboscópica, o ar violáceo. Calculo vinte e dois olhos soltos de seus corpos, flutuando sobre ombros à procura de um horizonte qualquer. No centro, uma loira alta – paetês agora amarelo-ouro, como destaque de escola de samba – com balanço discreto de seios bem torneados, cobertos de lantejoulas, equilíbrio excepcional sobre saltos ossos de aves; dubla ao microfone falso sem fio uma voz masculina, distorcida, irreconhecível. Paralisado, vejo-a lançar a cabeça para trás a intervalos regulares, e, girando a cintura, passear os braços no ar, numa caricatura da dança do ventre. Atrás de seu pedestal jorra água esverdeada por um spot.

Estava escrito. Num golpe de imprecisão, tropeço numa cadeira, para tombar aos pés da loira, o susto – mais que a dor – impedindo-me de sentir o frescor do piso de linóleo negro colado à testa. A dançarina recua, acaba encharcada – mas com uma surpreendente reação profissional: sorri e, tentando se recompor em atração, amplia as curvas do corpo. Posso vê-la do chão, apesar de tudo, elástica, ainda mais loira e ainda mais alta, reativando o seu olhar de ímã. Sai-se bem; arrefeceram as gargalhadas, assim concluí a cena.

Estou vexado, é evidente, embora não tente me reerguer. Levo a mão direita a tatear o galo em formação na testa, fixo os olhos e indago à perna da cadeira irresponsável "o que você quis dizer com isso?", para ouvir a resposta "acorda", a me recordar outra das teorias cegas e unilaterais de Michal: "dirigir uma peça de teatro não é impor o teu ponto de vista particular, porque no fundo ele simplesmente não existe". "Bobagem"... "O que vale é a visão coletiva, uma ou outra, que te penetra, ganha vida no seu tempo e se expõe através de você." Sempre divergências. Mas agora, de fato, nada vejo: sou visto. Aqui no chão não me cabe ter ideias ou discuti-las.

Um médico, dentro de uma boate, mesmo de roupa branca, é de fato um médico? Um policial é um policial? E um economista, numa boate, é um economista? A verdade é que nenhum movimento de socorro aconteceu na mesa dos médicos. Caído, eu bem poderia dormir aqui; busco o maço no bolso da calça, mas ele também, com a minha consciência, se evadiu. Vejo espalhados no chão os oito cigarros restantes.

Comprimo as pálpebras com força para conseguir reabrir os olhos em definitivo, apoio as mãos no piso à cata de impulso, mas antes de qualquer deslocamento firme dois seguranças se precipitam. E atrás deles, mais enfadado que afoito, o garçom em branco e preto exclama "sabia que esse cara era encrenca".

Como é possível que ele não tenha percebido que sou um sujeito pacífico? Apertam-me os braços, um segurança de cada lado. Não sinto a dor que se afoga no torpor geral, mas revejo mamãe irritada no dia em que atirei carrinhos de chumbo pela janela do carro em movimento, vinte anos atrás; em volta dos olhos avermelhados, a expressão de espanto escondia mal uma ira para mim então inexplicável, fonte do esforço para esmagar meu braço direito e me enxotar ao banheiro, duas horas de castigo. Vão me expulsar, vou ser esfacelado, escorraçado, moído pelo escândalo, mas não sem antes, à força, pagar a conta. Quanto devo pela vodca? Vou dar os dez por cento?, quando uma voz grave diz "deixa esse rapaz. É meu amigo".

Estou bêbado, mas não a ponto de descrer do que faço, ainda mais envergonhado. O apelo do homem – acatado de imediato, talvez por isso nem tanto apelo e mais uma ordem – é o gongo ao final do pior *round*.

Arrumo os cabelos, ajeito a camisa, levo três tapas ambíguos nas costas ao abaixar-me para finalmente recolher os cigarros – esses brutamontes fazem isso de represália pela suspensão da violência ou como prova de um apego repentino? Sentado, o homem me dirige os olhos e desenha com o dedo indicador, no ar, um gesto inequívoco. Aceito o convite.

Naquela época, é preciso adiantar, eu estudava o interlocutor ao máximo antes de aceitar uma conversa, para adivinhar sua postura diante do que eu iria dizer. Tique mental sintomático, expressão de um cansaço moral, cuja consciência era incapaz de agir para aniquilá-lo. Chaves iniciais: entonação do cumprimento, piscar dos olhos, acender do cigarro – códigos dos quais, afinal, todos nós somos prisioneiros.

Nada se distanciava tanto dos meus planos como o risco.

É por isso que, preenchida a planilha do comportamento, introduzidas as casas ainda em branco do diálogo, outro vício, correlato, despertava: tentar agarrar pelas rédeas a presumível pobre troca de palavras, pois toda conversação tende a ser, como se diz, um salto no escuro.

Assim eu procedia por insegurança. Não em relação a ideias – já não se demonstrou que estas são apenas experimentos, que se intercambiam, evoluem ou servem ao conforto individual, o que, de qualquer modo, não deixa de justificar sua existência? –, mas insegurança diante das intenções: tinha medo. Minha sala de trabalho como economista, por exemplo, era um entre dezenas de aquários num prédio velho mal reformado, com mais de cem técnicos de paletós escuros e dezenas de secretárias de óculos enormes – lábios forrados de batom e longas unhas pintadas de vermelho –, borrifadas por corredores gelados em quatro andares, corredores infindáveis, escadas com corrimãos manchados, quatro elevadores, contínuos velozes, vigias de olhar cansado, faxineiras de fato cansadas. Ali, mais que o anonimato, a transparência gela a espinha. Por isso, o teatro, o simples pensar nele, é tentador: tem a transparência falsa, aquela dada pela aura sutil que a luz provoca e o escuro logo anula.

O incômodo nisso tudo era me tornar às vezes uma pessoa chata. Além do mais, nem sempre acertei na adivinhação.

Por muitos anos fui, como se diz, exímio jogador de cartas, em especial o bridge. Mas, apesar da idade pouca, já me aposentei nesse afazer. Não quero, aqui, alardear proezas ou propagandear o prazer urdido pelo jogo, nem destacar aqueles anos como fundamentais na minha curta vida (estúpido de óbvio dizer "os anos da adolescência são fundamentais"). Pretendo apenas ressaltar outro traço do meu caráter, ou daquilo que sempre tive como sendo o meu caráter; especificamente, para isso, introduzir a principal lição tirada de centenas de noites em claro, os olhos entre cartas lustrosas e feltro verde: parceiro lento é inconveniência; se assim se comporta constantemente, vira presença insuportável.

Às tardes, eu me via sentado sozinho a um canto de um vasto salão de jogos, sob um extintor de incêndio, as paredes forradas de carpete verde-musgo, assim como o piso com manchas de cigarro; exatas quarenta e uma mesas redondas, a mesma conta, sempre, com o feltro ainda encoberto por toalhas brancas de algodão que mais tarde seriam retiradas, uma a uma, como num ritual religioso; o som retilíneo do ar-condicionado, silêncio feito de notas musicais, a iluminação fluorescente, cadeiras largas de couro cor café com leite e pequenas mesas laterais, também redondas, fórmica branca, para copos e cinzeiros. Horas depois, aquele salão ficaria repleto de senhores e senhoras de olhares tristes, avivados, às vezes, por lances do acaso, pela sorte ou pelo azar, raramente pelo cálculo premeditado. E eu também estaria ali, mas pensando em fugir da fumaceira, para outro canto, quem sabe o de uma boate ou o de um restaurante de segunda classe, sentado sob outro extintor de incêndio, cujo mostrador não tardaria a consultar, para me certificar de que não se tratava apenas de mais um objeto, horrendo, de decoração.

Há quem afirme categoricamente que o bridge não é um jogo de azar. Minha experiência, porém, demonstra o contrário – ou então, sempre fui, simplesmente, um tipo específico de azarado. Não por conhecer derrotas, pois ganhei na maioria das vezes, mas por sofrer outra espécie de abalo, derivado de um acaso, um azar, diria melhor, bastante particular. Ocorre que, pelas regras do jogo, ladrão de tempo merece punição. Penalizado fui, sim, várias vezes; jamais, porém, expulso. Se parei de jogar – e eis aonde quero chegar quando falo de caráter e de um azar particular meu –, aconteceu porque cansei de obrigar-me, cumprindo mandamentos que não estabeleci, a castigar a lentidão (não lerdeza, que é outra coisa, como diria Jonas citando navegadores de olhares afinados, espelhos de marés, sábios e pacientes), meu mais caro tesouro.

Estas considerações, acredito, servem para facilitar a caminhada, a investigação da origem dos meus gestos, e para esclarecer – de novo assim espero – as razões pelas quais nunca identifiquei as atitudes de minha ex-mulher – e mais tarde as do próprio Jonas, como se verá – com qualquer traço de naturalidade, apesar de minhas reações – quase sempre: o silêncio – aparentarem o contrário (até hoje me esforço para captar como pôde o realismo do economista colar-se ao ilusionismo do diretor teatral). Desde o primeiro dia, jamais adivinhei os pensamentos de Michal. E se isso parecia excitá-la de alguma forma, em mim gerou uma crônica sensação de inferioridade, sensação infatigável e roedora, insinuando-se cansativa, dia a dia.

Na manhã que originou esta narrativa – período breve a sintetizar a já referida perda de discernimento –, a maior demonstração de sensibilidade dada por Jonas foi justamente realçar uma antes pálida conjectura para mim: eu e ela éramos do mesmo polo, portanto (a conclusão foi minha; ele, por razão esclarecida mais tarde, não a emitiu), seres incompatíveis.

Claro, detectá-lo não é forçosamente ruim – em muitos casais, a remissão individual começa na própria separação. O específico: tal diagnóstico se combinou de forma fatal com outros acontecimentos. E – infeliz é quem despreza o ar que respira – só a partir dessa mistura inédita comecei a enxergar (melhor: comecei a começar a enxergar) além. Por isso, arrisco-me aqui nessas palavras.

A passos lentos, em direção à mesa, especulo: será cafetão, bicheiro ou traficante? O que ele quer de mim? Mas, abstraídas do ambiente da boate, essas roupas, bem como o olhar, em nada fazem lembrar um marginal – à exceção dos suspensórios enormes e vermelhos esticados sobre a barriga abaulada.

O garçom – aquele mesmo, em branco e preto – traz um copo com água gelada e açúcar, cheio (o garçom) de sorrisos. "Excelente profissional", diz o homem dos suspensórios, que se acomoda na cadeira. Ajeito-me também, apoiando logo os cotovelos na mesa para beber a água com canudo. É uma posição inadequada e infantil para a ocasião, reconheço. O garçom reaparece, copos limpos, vodca.

Ele mantém a iniciativa:

– Você é o Líbero Serra, não é? Te vi dando uma entrevista na televisão. Acho que foi anteontem... – o homem tem mesmo a voz grave, fala pausadamente.

– É. Estou com uma peça em cartaz e a produção me obriga a fazer destas coisas – respondo embaraçado, sem coragem de olhá-lo de frente enquanto passo um cubo de gelo, levemente, sobre a testa.

– É muito ruim?

– Não, faz bem, alivia esse galo.

– Estou me referindo às entrevistas...

– Depende de quem entrevista, depende do seu humor, depende da cadeira em que você fica sentado, da iluminação. Na maioria das vezes é muito chato.

– É útil, ao menos?

– Bem, não dei tantas entrevistas assim. Mas não existe outra saída na divulgação. É o que os produtores me dizem.

O homem de suspensórios chama o garçom:

– Américo, traz pipoca – ordena e depois me encara. – Pipoca é coisa juvenil, mas faz muito bem à noite. Minha avó ensinou. É por causa do sal.

Percebo que alguns falsetes entrecortam a sua voz grave, o que a torna bastante atípica.

– E você, quem é? – pergunto e jogo o gelo num cinzeiro, logo recolhido por Américo.

– Jonas Eleutério, *restaurateur* – ele estende a mão por cima da mesa e eu retribuo com a minha palma úmida.

– Como se chama o seu restaurante?

– Pode não parecer, mas eu sou o dono do Espaço.

Meu espanto surge então sem máscara: o "Espaço" é um dos três melhores restaurantes da cidade! O que seu dono pode fazer aqui, numa boate?

Chegam dois potes com pipoca até a borda. Ofereço um cigarro, ele recusa. Passeio a mão direita pela testa para sentir a protuberância incômoda (não seria para me esconder um pouco?). Esvazio o copo de vodca, limpo o bigode (nessa época eu ainda usava bigode) com guardanapo; a mão cheia de pipoca, peço mais gelo ao garçom.

– Vem sempre aqui? – arrisco-me.

– Por que você quer saber? –Jonas abre muito a boca quando fala, pronuncia as palavras com plenitude, como um ator formado na escola, apesar da alternância cada vez mais evidente entre graves e agudos.

O garçom enche meu copo de vodca outra vez; agradeço com um sorriso que ele não retribui.

– Só por perguntar, educação... – bebo mais vodca. Ele não vai comer a pipoca?

Que olhos limpos, enormes, redondos, como duas moedas de vidro verde-clorofila; parecem achatados, de plástico. São

órgãos imprecisos, é verdade. Às vezes opacos, outras, de um brilho prateado sobre o verde. Uma dilatação esquisita. Talvez use lentes de contato; não, não é isso.
— Venho aqui ou em outras boates toda noite. Uma espécie de *voyeur*...
— E não sai com as mulheres? — a bebida me dobra a língua.
— Uma forma de relaxamento depois do trabalho. Só.
— Não entendi — insisto, vendo suas mãos deslizarem ao longo dos suspensórios, uma em cada lado, para cima, para baixo. Elas conversam através da fricção?
— Não, não saio com as mulheres.
Claramente, ali, eu me tornara presa. A forma desse encontro — eu em situação vexaminosa — esfarelava meus vícios de conversação. Esgotada pela dupla surpresa — a aquiescência imediata dos seguranças e a evidência de que não sentava diante de um simples marginal —, a sensação de desavisado deu lugar à de aconchego, bem-vinda nessa noite em que tudo, até então, só concorrera para incentivar o meu desalento. Portanto, tarde demais para esconder. Sem que ele perguntasse, contei-lhe do entrevero com Michal, e também de Milena, economista recém-formada, a dois aquários do meu.

5

O começo, então, foi assim:
Calado, fechei os botões, tentando interpretar: simplesmente diz "está de camisa aberta"? Me viu de camisa aberta, gostou e acha um pretexto para se aproximar? Militante louca da moral?

Eu me questionava por alternativas influenciado pelos estudos, mas isso é outra... questão! Porque tinha acabado de me formar em Economia e me aprumava para o vestibular de Arte Dramática, os sábados eram horas e horas num bar, a ler ou estudar, sentado a uma mesinha de calçada coberta de livros, apostilas, sempre um copo de chope.

Bermuda jeans e camiseta branca, os cabelos lisos e pretos amarrados num coque desordenado, ela apareceu de repente no meio-fio, despontou do nada na verdade, e num instante estava parada à minha frente, como se fosse me agredir. Sem cerimônia, pôs sobre a mesa uma pasta de couro e levou as mãos à cintura.

— Você está de camisa aberta — ela disse repreensiva, sem sorrir depois como se poderia esperar.

Sorri então eu, sem graça, e pensei naquelas alternativas iniciais. Perplexo, raciocínio partido ao meio, como se tivesse sido multado em nome da moral e dos bons costumes, optei pela terceira: bonita, de fato bonita, mas louca. Meu olhar deve ter mostrado isso, pois ela logo pegou de volta a pasta de couro e partiu, ligeira.

Durante horas, ficou em mim a imagem de seu rosto nu, como a de uma tela desprotegida num deserto, ao sabor da erosão; as marcas de um rosto que me levaram a sentir uma vontade inusitada de oferecer-lhe socorro – mesmo se, na aparência, ela é que estivesse me ameaçando.

Na semana seguinte, situação idêntica, mesmos gestos e expressões:

– Suas sandálias estão rasgadas – e se foi.

Até ali, eu não saberia afirmar que nela havia beleza ou alguma coisa próxima disso. Era mais o despertar de uma confusão saudável. O olhar reto, porém, indicava algum caminho, vejo isso agora com clareza: seus próximos passos serão de minha responsabilidade, era o que eu pensava, ou melhor, era o que sentia – sem explicar a mim mesmo o motivo –, a química através da qual um olhar se transforma em revelação ou exigência.

Várias semanas, secas reprimendas, palavras cortantes por causa de alguma falha de vestuário, eu ansioso por receber a visita esdrúxula nem bem os sábados começavam – e assim passei a exibir desleixo de propósito.

Dois meses depois:

– Você gosta dos clássicos?

– O quê? – surpreso, receoso e, confesso, com um calor especial por dentro do corpo.

– Os clássicos, ora. Para se recuperar o pensamento.

– Ah, os clássicos, quer dizer, as obras dos mestres, essa coisa. Claro, o pensamento tem que ser recuperado, é verdade – eu dizia qualquer coisa, naquele estado.

– Otelo, por exemplo. Para lembrar de pensar e poder dormir melhor à noite.

– Ah, Otelo, claro.

Percebi seus olhos fixos num dos livros sobre a minha mesa de bar – encadernação verde capa dura com as tragédias de Shakeaspeare, inclusive a famosa do mouro de Veneza. Ela abriu então a sua pasta de couro enorme e foi tirando dali coisas que despejava: uma apostila de química, meu livreto com instruções sobre o vestibular de Arte Dramática, outra apostila, a brochura com a programação teatral do mês. Logo se afastou e disse, lentamente, empostando a voz através de um sorriso que vi pela primeira vez:

– "Quem foi roubado... e não deu pela falta do roubo... deixai que ignore que foi roubado... e não terá sido absolutamente roubado."

– ...

– Otelo!

E ao fazer de modo tão simples essa citação tão bem colocada, de um jeito natural e bem-humorado, sem parecer exibida, quebrou-me o que ainda restava de precaução. No instante seguinte, meu grau de desconcerto ainda mais elevado, puxou uma cadeira da mesa ao lado, sentou-se bem perto de mim, pediu cerveja como se fosse íntima do garçom e disse "sou atriz". Desvendou-se de imediato, assim, outro segredo, içando-me em sua direção: a capacidade ilimitada que Michal – sim, ela se chamava Michal – tinha – e sempre, creio, terá – de me surpreender. Qualidade permanente mesmo, que, se conquistou num único lance o direito de exigir minha admiração, foi também, como ficará relatado aqui, o fator maior da nossa desgraça.

Do começo também fez parte que, dois ou três meses mais tarde, cheguei ao final de um ensaio intencionalmente – temia vê-la em cena e me decepcionar.

O teto e as laterais do teatro imitam arquitetura barroca. O ar gelado de outono recebe pouca luz. Procuro me certificar de que todos os membros da companhia já se foram. Michal ainda não notou a minha presença. De costas, sozinha sobre o palco, apenas de saia atrás dos cenários, tem o tronco nu, braços e olhos esticados para o alto, os seios pequenos como que delicadamente aspirados, de cima, pelo único holofote aceso na ribalta. Está rezando, eu deduzi. A placidez do corpo, ali aureolado, essa placidez me atrai. Emito então, com certeza, vibrações intensas, pois mesmo a cautela dos meus passos ela agora já sente, e vira o rosto me chamando com os olhos retos. É um sinal evidente para que eu tire a roupa e me deite no palco. Importa que o teatro seja dentro de um colégio rigoroso no trato dos costumes?

O prazer nos desmascara, e o assoalho umedecido registra esse encantamento. A melodia dos nossos sussurros, como um lento tapete voador, se desloca sobre o palco, criando um relaxamento que de tão intenso produz sabor, sabor do êxito comum e simultâneo, que tira de nós, e logo devolve, o mesmo ar. Venho de meses sem encostar o corpo em uma mulher, e tal contato me restaura. Nesse estado de contentamento, eu procurava raciocinar assim, quando, como raios programados, todos juntos, vermelhos, azuis, amarelos e verdes, dezenas de refletores se acenderam sobre o palco. Então, um outro brilho intenso, agora selvagem e ofuscante, substitui o anterior, enquanto uma música estridente eclode pelos alto-falantes, música indecifrável, com forte participação de metais, semelhantes a trombetas.

Desfaz-se o tapete voador. Ergo a cabeça com a velocidade de um pássaro perseguido. Vou ser preso, só pode ser. Olho ao redor, à espera de algum vigia ensandecido, ainda mais suado pisco os olhos com força, procuro minha calça para vesti-la mas sou levado a outro gesto: abrir a boca, estarrecido, diante dos colegas de Michal, todos sentados na plateia, batendo palmas, às gargalhadas. Ela põe depressa a saia, à vontade, e se junta ao grupo; também ri de mim – reduzido a uma peça imóvel e nua sobre o palco.

Detesto gargalhadas. Devo dizer que detesto até mesmo a palavra "gargalhadas". Aos poucos, um túnel se adensa entre a minha nudez exposta e o auditório improvisado, como um foco de luz cortando o ar; túnel imaterial mas, paradoxalmente, definido, inundado centímetro a centímetro por fluidos de ódio – ódio é mesmo o único substantivo adequado aqui –, em altíssima concentração.

A repugnância, o desconjuntamento diante dessa inversão dramática – de autor a ator – cresciam na medida exata em que, diferentemente de todos eles, jogara minha adolescência pela janela cedo demais, há muitos anos, talvez até junto com meus carrinhos de chumbo, mas em especial nas mesas de jogo, onde a média de idade é elevada.

Ludibriado; que forma grotesca! Tal qual uma criança que busca deslumbrada uma flor no jardim e dentro encontra, com pavor, uma taturana, posta ali de propósito por alguém. Incapaz de não levar toda aquela cena estúpida a sério, deixei de escutar palmas, risadas e assobios, e apenas vi: homens e mulheres estranhos se divertem à minha custa. E como a imagem supera o som na capacidade de irradiar violência e atrair vingança, como a natureza tem mesmo horror ao vazio, passo à ação, pela primeira vez – mas não a última –, de forma totalmente irracional:

Sobre o mais magro e agitado, aquele que mais ria, quebrei duas cadeiras quando desci do palco. Nele, já estendido no chão, dei os pontapés e socos mais fortes de toda a minha vida, arranquei-lhe sangue e, fora de mim, bati sua cabeça contra a parede duas vezes, três vezes, quatro vezes, não sei quantas vezes, arrancando lascas de tinta amarela, enquanto os demais se recolhiam, senti que estavam assombrados, entre as poltronas de madeira. A ele recusei socorro; cuspi na sua cara surrada; arrastei seu corpo até o corredor central e, largando-o ali, fugi com minhas roupas, as mãos imundas, sem olhar para trás, sem atender aos gritos de Michal.

Na rua, fui direto ao lavabo de uma lanchonete e no espelho me vi desfigurado. A violência era como ter mantido, sob outra forma, a relação sexual, o prazer que me colara a Michal – é verdade que não cheguei a pensar assim naquela hora, dentro do banheiro, mas alguma coisa parecida, que um pouco de razão me permitiu. Lavei o rosto, arrumei os cabelos. Bebi e paguei um guaraná.

Nos dias seguintes, embaralhava-me para explicar convincentemente as verdadeiras razões de tamanho choque, a ponto de ter desejado a morte de Michal e dos outros naquele teatro. Afinal, se o flagrante não me causara vergonha – enrubesci, é verdade, mas na certa não foi por pudor –, que rancor era aquele, projetado com ímpeto tão incontrolável?

O começo prosseguiu num sábado à tarde, cinco ou seis semanas depois, eu rodeado de livros e pastas, à mesa de calçada do mesmo bar. Mais magra, pálida, os olhos apequenados, Michal chegou mansa, um andar fatigado, de quem não aguentava bem o livro que trazia à mão e que me ofereceu, sem palavras.

– É um presente ou um pedido de desculpas? – indaguei, dessa vez eu sem sorrir, procurando disfarçar a satisfação que sua presença inesperada criara em mim.

– Quem, a atriz ou o livro? – agora ela tentava sorrir.

A tarde estava abafada. Bebemos cerveja por quase meia hora. Eu lia em voz alta trechos do livro que ela trouxera, sobre arte e técnica de encenação. Soltei a voz ininterruptamente, com um entusiasmo, diria, inútil, mas esqueci de atentar para o principal naquela mesa: aquele cansaço, a mudança que havia nos olhos de Michal e, portanto – conexão feita só mais tarde –, o motivo pelo qual ela me procurava.

Quando o sol começava a desaparecer por trás dos prédios, as fachadas se escurecendo rapidamente, cortei a fala, por falta de luz adequada mas também por falta de retorno da ouvinte, e fechei o livro.

Cruzo os braços e logo, atingido pelo desconforto, suspendo o sorriso ao encarar Michal. Estou sendo reprimido por esse olhar triste! Sombras carregadas se fazem notar sob as suas pálpebras. O lábio inferior começa a tremer, a boca se abre lentamente, como a de alguém que suplica. Agora o rosto inteiro se contorce, ainda mais nu e desprotegido, adiantando feições que me atemorizarão várias vezes posteriormente. Procuro ver nessa contração assimétrica de seus músculos algo próximo de um afago inédito – polifonia da paz? –, mas logo constato as bordas dos olhos se incharem.

O céu está mais e mais escuro, ainda mais abafadiço; bem que podia chover para quebrar a tensão! Mas o que despenca são lágrimas, sob efeito de uma tremedeira quase doentia na primeira piscadela de Michal, um gemido ao mesmo tempo, arrancado de profundezas que desconheço. Uma voz de dor se espalha como alergia pelo rosto inteiro.

Seguro suas mãos interrogativo. Ela fecha os olhos, abaixa a cabeça e deita a testa sobre a mesa. Não tenta vencer os soluços nem controlar os gemidos, o que me surpreende. Levanta-se de novo, esfrega as mãos com violência no rosto avermelhado, como se quisesse arranhá-lo, arrancá-lo de si mesmo. Os cabelos encobrem agora os olhos. É a imagem da aflição, pensei, e pedi água com açúcar ao garçom.

Michal corre em direção à praça, do outro lado da rua. Corro atrás, atônito, o copo de água à mão.

Num banco de cimento, ela se curva, velha perfeita, cotovelos fincados nas coxas, enterrada a cabeça entre os seios como se o pescoço não lhe suportasse o peso.

– Esquece – a voz, abafada como o ar da praça, recusa a água que ofereço.

– Você não quer passar um gelo na testa? Faz bem...

Pessoas formam um círculo em torno de nós, com olhares rapinantes. Afasto-as com a rigidez de um perito policial e corro ao bar. Pego gelo com o balconista, para, de volta à praça, ao tentar passar um cubo pela testa de Michal, constatar que a tremedeira cessou. E logo me pergunto: ela estava representando? Será uma outra peça, como a do teatro, para mostrar que sou mesmo ingênuo? Mas essas convulsões, esses gestos lancinantes, essas lágrimas borbulhando sem parar...

Michal se enxuga com um guardanapo, respira fundo três ou quatro vezes, levanta o rosto esbugalhado. Os olhos ainda mais pequeninos me encarando, diz "Wilson morreu".

– Desculpa, mas quem é Wilson? – eu não tinha outra saída senão perguntar isso.

De novo aqueles olhos, agora mais e mais encovados, ainda umedecidos, emitem faíscas na minha direção.

– O diretor do grupo, porra, que você espancou no teatro que nem louco!

A cena, então, se inverte totalmente, enquanto o gelo some nas minhas mãos, a direita logo subindo para umedecer a testa. Balanço a cabeça e me afasto do banco, agora são meus o cenho franzido e o corpo curvado. Não pode ser, não pode ser, isso é uma representação, isso é falso!

Michal retoma seu choro e a tremedeira. Estico-me para vencer a falta de ar, um vento veloz me atropela na praça que custo a reconhecer. Devia chover, seria melhor, muito melhor, sem dúvida! O que faço é incorporar a cólera esfregando os olhos. Rodopio na calçada. Não pode ser, não pode ser – essas exclamações na verdade idiotas e ridículas foram o máximo que eu pude produzir naquelas circunstâncias.

Michal se aproxima:

– Pegou infecção hospitalar. Tinha levado uns quinze pontos na cabeça e não sei quantos outros nos ombros.

Tenho os olhos fechados. O episódio do espancamento no teatro me ocupa a fronte.

– Não é possível. Não bati tão forte assim.

– Claro que bateu. Você estava fora de controle, totalmente – ela parecia recuperar um pouco de força.

– Mas ele estava bem...

– Não faz diferença. Foi infecção hospitalar.

– Então eu não tenho nada a ver com isso!

Um homem baixo, de bigode fininho (como já disse, nessa época eu ainda usava bigode, por isso dava atenção a esse tipo de cultivo), esse homem aparece não sei de onde e nos obriga a beber água em copos que, depois saberei, trazia do bar. Em seguida, nos conduz pelos braços, como duas crianças, de volta ao banco de cimento. Meu corpo ainda treme. Michal treme. Uma mulher baixa, talvez a mulher desse senhor, despeja água sobre nós; também treme, mas pede calma.

Abraço Michal. Ela corresponde. Nossas cabeças molhadas tombam uma sobre a outra, como dois livros desequilibrados numa estante. Fecho os olhos, e as respirações, aos poucos, no mesmo ritmo, se acalmam; o avesso do êxito conjunto de semanas antes no teatro, mas em mim a mesma certeza: precisarei dela para sempre, embora não saiba por quanto tempo. O casal das águas se despede recomendando prudência, como dois velhinhos bons. Ergo os braços para buscar força e me levanto, puxando Michal no mesmo impulso. Enquanto recolhemos nossas papeladas na mesa do bar, brota a revelação: sempre tive mais medo de algo que surgia e ressurgia prestes a explodir dentro de mim, isso me parecia real; medo disso, mais que de qualquer ameaça vinda de fora; mas naquela hora, no teatro, posso deduzir assim, uma outra inversão se operou além daquela de ordem cênica forjada pelos amigos de Michal, uma inversão, dessa vez, no interior do meu próprio corpo. Na origem da explosão irracional do teatro, portanto, e assim fui obrigado a concluir, estava o fato de que eu também queria, precisava, como tantas outras pessoas, há muito tempo – na certa desde criança –, também eu queria tirar a vida de alguém, ter ao menos a sensação de fazê-lo; mas até aquele instante o meu corpo – minha mente? – nunca achara, como os de tantas outras pessoas, pretexto ou ocasião. Tudo isso talvez explique, agora, uma parte do meu desmoronamento.

6

Jonas pede licor e insiste para que eu também aceite uma dose. A aeromoça traz junto dois pacotes de amendoim. É estranho, pois acabamos de jantar. Mas ele gosta de sal, já me contou isso, e não me parece grosseiro o jeito que utiliza para lamber a embalagem prateada, até extrair o último cristal.

Meu amigo é mesmo muito grande, seu corpo sobressai até aqui na classe executiva, vivo, nessas poltronas espaçosas – os suspensórios sempre acariciados. Liquido os quatro amendoins que me restam e esmago a embalagem no cinzeiro da poltrona.

Ajustar o fone de ouvido é o próximo passo, para assistir ao filme. Mas Jonas, que maneja o equipamento com muito mais destreza do que eu, indica com a palma da mão aberta o canal 5, óperas, "*Cavalleria Rusticana*, Mascagni puro, meu caro". Mesmo sem entender muito de óperas e só me interessar pelo gênero por necessidade profissional, mesmo tendo ouvido falar muito mal dessa *Cavalleria*, sintonizo no canal 5 e, os olhos fechados, tento sentir o grito daquele personagem para mim desconhecido. Segundos depois, quando eles se reabrem, Jonas dorme, placidamente. E as luzes do avião se apagam.

Tiro os sapatos para dar vazão ao inchaço dos pés, cubro os olhos com a máscara de dormir, o travesseiro e o cobertor de lã acrílica me envolvem. Viro de lado duas vezes, não consigo adormecer.

Meus gestos são todos lentos. Esforço-me para dar alguma ordem às coisas na cabeça, mas nenhuma cronologia se compõe. Já fui traído pelo tempo, eu pensava, só resta o espaço, essa aeronave enorme a não sei quantos quilômetros por hora. Levanto a máscara de dormir.

O fone de ouvido transmite uma nova ária desconhecida por mim, mas logo o som do filme de violência – só pode ser um filme de violência, eu deduzia vendo uma cena de perseguição – se intromete sem que eu tenha sequer tocado em algum botão. Há algum problema nesses controles, mas a tripulação já se recolheu, não se deve incomodá-la por algo tão primitivo. Um passageiro de terno, gravata desatada, perambula bêbado no corredor e raspa a perna no meu braço. Uma mulher baixinha cheia de maquiagem no rosto levanta-se para levar uma criança ao banheiro. Viro-me outra vez na poltrona, massageio os olhos, nem assim o sono se apresenta. Temos ainda, calculo, seis horas de viagem. Incrível como, com todo esse tamanho, Jonas consiga dormir sem roncar.

Agora a estação do fone vai ao encontro de um violoncelo ágil que lembra suítes de Bach (apesar de não ter cultura musical qualificada, conheço essa sequência: Michal a considerava primorosa, em especial para trilhas sonoras, e este era um dos nossos poucos pontos de vista em comum, o que me deixa passageiramente reconfortado). Meus pés se acariciam um ao outro e sentem a sacola de mão acomodada sob a poltrona em frente. Afinal, por que Jonas me convidou para esta viagem?

Fecho os olhos mais uma vez, para receber da memória os detalhes dos últimos dias, quando ocorreram, não capto se por obra minha – involuntária mas nem por isso incoerente – ou por intenção alheia, fatos que abriram-me janelas à penetração do vento que Jonas representava, penetração direta, feito líquido ardido em carne viva. Fatos como o bilhete "Isso veio parar sem querer na minha papelada. De seu incomensuravelmente leal, Rodolfo", bilhete que era mais uma bofetada, só inteligível se recapitulando a reunião que tivéramos na Fundação meia hora antes de ele chegar às minhas mãos.

E foi assim: Entraram todos quase ao mesmo tempo na sala. Éramos dez. Maurício, o diretor da Fundação, sentou-se à cabeceira – a mesa, arquitetada para encontros maiores, ocupada pela metade. Acomodadas nossas pastas, buscávamos lápis ou canetas e folhas de papel timbrado. Os sons eram os de sempre: cadeiras arrastadas, batidinhas sobre o lambri escuro, isqueiros acionados, cinzeiros passando de mão em mão, uma ou outra tosse, pigarros, cochichos. Não sei por quê, mas eu estava nervoso, tanto quanto, ou até mais do que a faxineira que fazia as vezes de garçonete, servindo água e café – bebi em três goles o meu copo e com outros dois esvaziei a xícara. Olhávamo-nos interrogativos, mal disfarçando a apreensão. Na convocatória, Maurício antecipava que seria apresentado ali "um novo regime de trabalho".

O diretor abriu a falação como sempre, lentamente, repetitivo, para enfatizar detalhes. Mais rigidez nos horários, cortes nas despesas e outras providências para, como disse, "colocar a casa em ordem", cuja relação leu a seguir, prometendo enviar cópias a todos posteriormente.

Quanto mais Maurício gesticulava, porém, mais se esvanecia a tensão do grupo em torno da mesa. Ao final, nada era tão brutal como fazia supor a solenidade com que a reunião fora convocada. O fato é que, até ali, nada mudava para mim. Mas quando Saulo, um técnico do terceiro andar, perguntou ao diretor se mesmo com as dificuldades poderia haver novas contratações na Fundação, chegou-me às mãos um bilhete: "Grávida.

Até onde vai?" Milena, à minha frente, olhos abaixados, fingia anotar algo. Tentei tocá-la com os pés sob a mesa, mas a distância não permitiu. Guardei então o bilhete no bolso da jaqueta. Meus olhos ficaram suspensos, em vão, à espera de que ela me olhasse. Encerrada a reunião, levantei-me depressa para ir atrás de Milena, que já tinha deixado a sala. Rodolfo, entretanto, puxou-me fortemente pelo braço de volta à cadeira. "Preciso falar com você." Não pude ignorar a ordem de meu superior.

Sentados lado a lado, virados um para o outro, pediu detalhes de um levantamento que eu preparava sobre exportação de grãos. Tremia ao falar, o que nele era anormal; forçava um sorriso então impossível (descobri isso meia hora depois); parecia prestar uma atenção doentia nos meus olhos, como para segurá-los, hipnotizando-me, à altura dos seus, apenas com a força do olhar. "Já sabe de Milena e quer detalhes disso, na verdade", supunha ser essa a real razão da conversa, e dei os esclarecimentos solicitados, maquinalmente, na expectativa logo frustrada de que ele abordasse o assunto da gravidez.

Em meu aquário – Milena deixara o prédio sem se despedir e eu tinha coisas que achava inadiáveis para fazer –, recebi o bilhete "Isso veio parar sem querer na minha papelada. De seu incomensuravelmente leal, Rodolfo", e recompus a cena entre mim e ele na sala de reuniões. Aquele olhar nervoso do meu chefe imediato fora, percebi então, a expressão incontida de um outro gesto, simultâneo, primário e grotesco. Na verdade, enquanto me encarava falando de grãos, Rodolfo puxava para si com a mão esquerda – discretamente, lentamente, doentiamente – uma folha com a assinatura de Maurício que estava sobre a minha pasta, misturando-a logo a suas pastas, ou papelada, como dizia o bilhete, de forma a que eu não notasse. O papel não tinha nenhuma importância em si – um pedido de duas horas antes para que eu estudasse a evolução recente dos preços dos produtos plásticos (era costume de Maurício encomendar-me pesquisas diretamente, sem passar por Rodolfo, como seria normal pela hierarquia). Mas meu antigo amigo, então meu chefe – e eis a razão daquele gesto triste e quase inacreditável –, sofria nesse instante de uma suspeita desastrosa: eu e o diretor teríamos segredos em comum capazes de prejudicá-lo. Os olhos se imobilizaram dentro do aquário, mais uma vez excessivamente umedecidos. Da tristeza, no entanto, passei a uma indagação, poderia dizer, impossível de ser respondida: por que ele precisou fazer isso escondido?

A essa altura, minhas recordações boas de Rodolfo já tinham passado por diversos testes, e, agora, se qualificavam de vez para permanecerem como relíquias em um território deplorável, onde a energia do competidor puro, olímpico, já não existe, e só floresce o exercício físico automático, maquinal; onde o sorriso, em vez de compor com um brilho nos olhos, instaura-se como espasmo muscular forçado, movimento bastardo, sem memória ou raiz.

Rodolfo perdera a fisionomia, era apenas um cargo naquela Fundação, não mais uma pessoa. Claro, ali tínhamos de ser profissionais. Mas há de haver algum limite para isso! O que pensar de alguém que encerra seus recados e comunicados com um "de seu incomensuravelmente leal"? Como tolerar a desconfiança profissional sem nada de relevante em troca? Como conviver com ela, ainda mais em se tratando de amigos de tantos anos? Atirei o bilhete na lata de lixo e então eu soube: morria ali mais uma das minhas relações.

Tentei falar com Milena, mas ela não estava em casa – ou recusou-se a atender o telefone. Fui tomar café no corredor, onde, pouco depois, um contínuo apareceu para avisar que alguém estava me aguardando ao telefone. "Milena, com alguma explicação", imaginei. "Meu amigo Serra. Você conhece os mares do Caribe? Já esteve na Martinica? Então prepare-se." Era a voz bizarra de Jonas, que disse tudo isso em menos de cinco segundos e bateu o fone.

Precisava mais ainda encontrar Milena, folha de papel caminhando, maciez, leveza. Sem ser mais alta do que eu, contudo, parecia sê-lo; magra elegante, seios pequenos exaltados por blusas ou conjuntos sempre colados no corpo, de propósito assombrante. Assim ela me perseguia, calça jeans, escorregadia desde o início no caminho, a dois aquários do meu, até que nadamos na piscina de um motel.

Fui então à sua casa. Não estava mesmo. Decidi esperar. Sentado no portão do sobrado, pensei no desarranjo que estava minha vida com Michal, pensei no convite de Jonas, na ruptura com Rodolfo, tentei reproduzir na memória algumas brincadeiras que fazia com Tilde e me perdi inteiramente na incapacidade de enxergar o que poderia ocorrer comigo no futuro.

Milena chegou uma hora depois, por trás de sacolas de supermercado. Convidou-me para entrar. Despejou as compras no sofá da sala e foi à cozinha beber água gelada. "Quer um pouco?" Agradeci "não, obrigado", para logo, aproveitando a deixa, perguntar:

– E aí? Então é verdade? – não consegui interpretar como ela se sentia, não me surgiu outra pergunta.

– Depois a gente conversa. Agora eu preciso sair.

– Estou esperando há mais de uma hora. Como você está se sentindo?

Milena bebeu mais um copo de água e colocou alguns produtos na geladeira.

— Depois a gente conversa. Tenho que levar umas coisas para a minha mãe.
— Tudo bem, eu vou junto.
— Prefiro ir sozinha, se você não se incomodar...

Fiquei parado, como se ela tivesse me transformado numa estátua naquela sala pequena de mulher solteira, jovem, quase sem mobília.

— Pode ficar aí se quiser. Só não esquece de apagar a luz quando sair e de jogar a chave por debaixo da porta. Eu tenho uma cópia.

— Acho que vou viajar por uns dias... — era uma tentativa de conversar.

— Depois a gente conversa — saiu batendo a porta.

Sentado no sofá, senti um calafrio ao recordar o dia em que dissera a Milena, logo no início do nosso caso — não explico a mim mesmo a razão —, que jamais admitiria ter um filho com ela, nem com outra, ao menos por enquanto. Levantei-me de imediato, apaguei a luz da sala, saí do sobrado e joguei a chave para dentro, por debaixo da porta.

Em casa, um envelope pardo sobre a mesa de jantar e dentro uma passagem aérea em meu nome, com partida dali a cinco dias e todas as indicações para obter um visto de entrada com rapidez no consulado da França.

Adormeci no avião sem encontrar resposta, o fone ao ouvido. Veio o café da manhã e Fort-de-France.

7

Jonas foi o segundo a discursar no encontro de *restaurateurs*. Fez uma exposição de meia hora, com boa oratória, bem-humorado, frases curtas, entonação convincente, gestos e ritmo perfeitos. Fiquei estupefato, deslumbrado mesmo, com seu controle sobre os próprios movimentos, como combinava-os com as palavras – ele sabia explorar positivamente aquela alternância de graves e agudos que sempre as acompanhava. E não fui o único: no intervalo para lanche, Jonas recebeu cumprimentos de vários dos presentes, aos quais cismava em me apresentar – apenas pelo primeiro nome, como se eu fosse um auxiliar seu, mas de forma tão amigável que muitos devem ter pensado que eu era, mais do que isso, uma espécie de braço direito. Ao contrário do que se poderia supor, eu me senti bem naquele papel coadjuvante de uma personalidade tão carismática. Eu era como o nó primeiro de uma rede poderosa, que arrastava tudo ao redor em sua passagem.

À noite, fomos a um coquetel promovido pelos organizadores do encontro, na área da piscina do hotel. O calor deixava minha pele mais lisa, as células pareciam se apertar mais, umas contra as outras, o corpo todo exibia seu peso à mente com mais nitidez. Jonas circulava entre as rodas de convivas com desenvoltura – eu, inconsciente, a tiracolo.

Pouco depois da meia-noite, deitamo-nos em espreguiçadeiras brancas de madeira.
– Já pensou alguma vez em ser empresário? – perguntou de supetão.
– Não é o meu forte...
– Tem medo de se arriscar?
– É preciso ter muita iniciativa. Não sou bom empreendedor, dependo dos outros. Além do mais, geralmente, para ser empresário, e se sair bem, você tem de pisar em muita gente.
– Isso é um clichê barato. Não acha que você me ofende com esse moralismo besta?
– É um clichê, mas é também uma consequência inevitável. Acontece que nem todo mundo nasce com essa voracidade.
– Bobagem. A agressividade é uma coisa inata, já li isso em algum lugar e você deve saber bem. Todo mundo tem um pouco.

Ter tocado nesse assunto me assustou. Será que Jonas sabe alguma coisa sobre o episódio da morte de Wilson, o diretor de teatro que trabalhava com Michal anos atrás? Fixei os olhos no azul iluminado da piscina, a dois metros de nós, como quem aguarda um sinal – de dentro ou de fora – para reiniciar a conversação.

Jonas deve ter notado a minha inquietação, pois logo levantou um braço e pediu mais bebida a um garçom. Dei um gole grande para acabar com o que restava de champanhe no meu copo e resolvi manter o diálogo.
– De qualquer maneira, independentemente de índole, qualquer empresário tem que agir assim. Não é uma guerra?
– Eu não piso em ninguém – disse Jonas, espalmando as duas mãos como quem diz "epa, espera um pouco!". – Trabalho na base de acordos, claros, sem chaves escondidas para ninguém.

Quem topa sabe o risco, sabe dos direitos e do que vai ganhar com o negócio. É muito simples.

– Dá o pé para você pisar em cima, é isso? – estranhei essa minha ousadia como se ela fosse externa a mim, uma espécie de grife carimbada no meu rosto.

– Aí não tem nada de desumano, certo?

– Nisso você tem razão. Mas não devia ser assim. E, no fundo, depende também de ponto de vista. Talvez eu seja ingênuo demais.

O garçom trouxe mais dois copos de champanhe e um prato com salgados. Jonas se ergueu sem dificuldade, apesar do corpo enorme, com um lenço vermelho limpou o suor das têmporas, deu uma pequena volta como se precisasse respirar fundo, e retornou à espreguiçadeira, agora sentado, com um olhar mais incisivo.

– Eu acho que você faz gênero, Líbero. Para ser diretor de teatro ou economista, você não tem que pisar em ninguém? Mesmo sem querer?

– É diferente. É como lidar com crianças. Não existem sentimentos hostis, pelo menos de forma consciente. Porque não existe a ideia de hostilidade.

– Não conheço crianças. Mas isso me parece balela. Não há diferença séria. De qualquer jeito, é tudo muito teórico em qualquer grupo, de adultos ou de crianças. Bom, mas esquece tudo isso, Líbero; agora eu quero te falar como homem, ok?

Estranhei a mudança de tom, enquanto ele emendava:

– Quero propor a você um negócio, e você não vai precisar colocar o pé debaixo do meu. Aceita conversar?

– Nada mau em volta de uma piscina – essa resposta me saiu da boca de forma prestativa, naturalmente, eu senti, como se esperasse de fato aquele convite ou outro semelhante.

Jonas demonstrou, aí e como repetiria depois inúmeras vezes, conhecer à risca as suscetibilidades de suas companhias, pois não há melhor momento e ambiente mais adequado para se propor o plano que ele me reservava. Em palavras simples, como as que ele mesmo sempre utilizou: Jonas sabia muito bem – e não conheço até hoje quem possa superá-lo nisso – como lançar uma isca e quando fazê-lo.

– Você confia em mim? – ele me perguntou com os olhos verde-clorofila mais retos do que nunca.

– E você, confia em mim?

– Existe risco em qualquer um.

– Tem certeza? Sempre tive pavor de correr riscos – aí falei mesmo a verdade.

– A única certeza que eu tenho hoje é de que o pernilongo, sei lá se esse bicho aqui se chama pernilongo também, esse bicho, sei que é o inseto mais filho da puta que já apareceu na face da Terra. – Mestre em matéria de descontração, mais uma vez Jonas fazia com que eu me sentisse um homem desprevenido, me desarmava numa frase.

Fiz um esforço com o braço direito para erguer o corpo, sentando de frente para ele, e sinalizei com as sobrancelhas como quem diz "pode prosseguir".

– Tenho uma ideia antiga, que não posso concretizar sozinho – ele entrelaçou os dedos das mãos. – É um negócio bem rentável e divertido.

Nesse momento, o principal organizador do encontro de *restaurateurs*, um francês de quase dois metros de altura, bastante magro, chamou Jonas à parte e cochichou-lhe ao ouvido.

– Só um minuto. Preciso resolver um caso – afastou-se o meu amigo, que, ao lado do francês, parecia ter um físico ainda mais quadrado do que era na realidade.

Bebi um pouco de champanhe, especulando como aquela conversa iria continuar. Jonas era uma coisa nova, embora seu comportamento, e o meu em reflexo, pudessem dar a qualquer um, como já insinuei, a impressão de que nos conhecíamos de muitos anos. De longe vi-o retornando do salão com um sorriso de quem acaba de fechar um grande negócio, para logo se reacomodar na espreguiçadeira, dizendo:

– As pessoas assistem a uma peça, imagine bem, ou a alguns esquetes independentes um do outro, enquanto comem e bebem, entende? Você conhece alguma casa assim? Minha ideia é que você entre com o teatro, a arte do palco, e eu entro com o dinheiro, a arte da fortuna, e a comida, a arte da cozinha, da culinária ou gastronomia, para ficar mais bonito, certo?

Eu, de fato, não conhecia nenhuma casa assim. E foi aí que Jonas, poucas semanas depois de me conhecer, propôs, sob um calor imenso, em volta da piscina, a construção do bar-teatro.

Estou sem perspectiva de melhora nas minhas condições, pensei então. Michal também ganha pouco em suas peças, e, ainda assim, esses desentendimentos entre nós dois são fatais. Talvez seja, por outro lado, uma oportunidade para me livrar da Fundação, ter um trabalho mais próximo das minhas vontades, eu raciocinava. Posso confiar em Jonas? Os olhos verde-clorofila agora parecem sinceros, o projeto é cativante. Ele é uma pessoa bem-sucedida, não arriscaria sua reputação à toa. É a chance de mudar de vida, por que não? Milena talvez até possa entrar nisso mais tarde também, eu pensei, enquanto meu rosto se encharcava de suor.

Jonas se levantou mais uma vez, molhou as pontas dos dedos na piscina e refrescou seu rosto com a água. De retorno, fez respingar água sobre mim, como uma criança provocando outra, para em seguida perguntar direto, sem se sentar, "e então?".

– Você está falando sério? – eu hesitava como por vício de hesitar; sabia que ele estava falando sério, mas queria protelar minha resposta. Argumentava comigo mesmo, acariciando a espreguiçadeira: chega de viver no recuo.

– Não precisa responder agora. Ainda temos dois dias aqui. Você me responde na volta, quando descermos do avião e cada um for para o seu lado, ok?

No quarto, antes de dormir, tentei falar com Milena, mas a telefonista do hotel não conseguiu completar a ligação.

8

Não tinha tomado decisão alguma ao chegar na casa de Milena, direto do aeroporto, ela na porta, como se adivinhasse o meu horário. Mas seu trajeto era, já então, um fato consumado.

Na viagem de volta, cansado, me envolvi nos planos do bar-teatro e na resposta que iria dar, intrigado com o que contar ou não a Michal (ela não vai topar esse negócio, eu pensava no avião), Jonas a revelar as origens das citações feitas em seu discurso no primeiro dia do encontro de *restaurateurs*.

Se me dirigi logo à casa de Milena, foi para ver aquele corpo esguio, seus olhos grandes, alisar seu cabelo negro comprido; fui para beijar os lábios grossos, ouvir deles alguma história de cinema, uma piada, e, principalmente, seu apoio quando anunciasse a disposição de deixar a Fundação nas próximas semanas e me dedicar apenas ao bar-teatro. Não tive capacidade para pensar na gravidez, confesso agora, porque estava com medo dela.

– Espera um pouco, vamos entrar e conversar. Quero te contar umas coisas, tenho umas ideias novas – eu disse depois de pagar e dispensar o táxi, na calçada.

Ela desviou o rosto do meu e gritou pelo mesmo táxi, fazendo sinal para que ele retornasse.

– Aonde você vai? – eu nem tinha achado um local para acomodar a mala.

– Vamos juntos. A gente conversa no caminho – ela me puxou pelo braço, para dentro do táxi.

No carro, parecíamos ter ficado juntos a semana toda, hora a hora. Ela nada disse depois de instruir o motorista. Nenhuma palavra até a entrada da clínica, onde perguntou "quanto é?" e fez sinal para que eu pagasse, pasmo.

Milena cerrou os olhos rapidamente quando entrei na saleta. Fingi que não percebi. Aproximei-me da cama e peguei sua mão esquerda, extremidade de um braço longo, moreno, distendido. Um pouco fria, calça de veludo verde, a camiseta branca com um desenho em vermelho disforme, como pinceladas de criança. "Está tudo bem. Daqui a quarenta minutos ela já pode sair", disse a enfermeira, retirando-se para o corredor.

Na sala de espera, Milena não me permitira uma única palavra. Eu hesitava em arrancá-la dali à força; sua determinação destruía qualquer impulso, pelo menos dentro de mim. Ela só queria ficar de olhos fechados. Vamos estudar melhor, você ainda é muito nova, eu pensava em dizer isso.

A saleta ficou à meia-luz após a saída da enfermeira. Tentei interpretar uma gravura numa das paredes mas ela nada me dizia, ou melhor, eu só conseguia ver ali um coração vermelho-pálido, mortiço. Soltei a mão de Milena e puxei um banco para perto da cama.

– Você está com frio?

Ela não respondeu.

– Foi tudo bem. A enfermeira me disse. Você está sentindo alguma tontura? Não quer um suco de laranja?

Levantei-me para beijar de leve suas pálpebras, quando senti que ela, no fundo, poderia estar contente. Afinal, fez o que queria, por decisão própria, e isso é raro, eu dizia a mim mesmo.

– Você está satisfeita? – tentei uma mudança de tom naquele clima, já que, de fato, ela poderia estar contente.

Milena me escutava, mas não queria falar. Talvez fosse engano meu e ela só estivesse querendo descansar, recuperar-se. Mas meu raciocínio foi mesmo o de tentar uma alteração no tom – pode ter sido uma estupidez, pode ser que aí tenha errado estrondosamente.

– Trouxe uma lembrança da Martinica, Milena. Está dentro da mala, depois eu tiro. Você vai gostar, combina com o seu quarto, ou com a sua mesa na Fundação.

Minhas mãos estão suadas. Não devo estar cheirando bem; a viagem, correria, calor, o nervosismo mais ainda. Eu já não podia esconder de mim tudo isso, essa sensação de desconforto integral, razão pela qual o tom do nosso "diálogo" foi se modificando outra vez dentro da saleta.

– Milena, você não podia ter decidido isso sem me consultar, pelo menos conversar comigo, entende? É ridículo!

Ela ficou calada. Afastei-me da cama, despejei água num copo que estava próximo da cabeceira (não sei se era para ser usado ou não) e o esvaziei em três goles enormes.

– Não é justo...

Eu não achava mesmo justa aquela decisão unilateral, mas também, como já dei a entender, não opusera resistência séria quando chegamos à clínica e ela, sumindo por um corredor, disse "você me espera aqui".

Na sala de espera amarelada, um aquário enorme com apenas três peixes dentro – peixes latifundiários, foi a imagem que me transmitiram na hora – e, à minha frente, um outro homem, bem mais moço, de vinte anos, no máximo.

– É sua mulher? – ele perguntou.

— Não sei — eu disse, meio por dizer, mas ele levou na brincadeira e deu uma risada límpida. Eu não relaxei.

— E a sua, está lá dentro? — perguntei automaticamente.

— É a terceira vez. Nós não queremos ter filhos e ela não aceita usar diafragma, DIU, essas coisas.

— E você não usa camisinha? — eu perguntei porque essa era a sequência lógica naquela sala de espera.

— Não, ela também não admite.

Essa mulher deve ser uma suicida em potencial, especulei, com os olhos virados para os peixinhos latifundiários.

— Quantos anos ela tem?

— Fez vinte anos anteontem. Mas é uma fortaleza de mulher.

A conversa já estava me chateando; a enfermeira veio chamá-lo e disse que a moça não estava passando bem. Logo ele sumiu por um corredor.

A enfermeira voltou e acendeu a luz mais forte da saleta. "Agora você vai poder se levantar. Espera só um pouco que o doutor está vindo dar uma olhada." Apareceu então o médico, apressado como numa linha de montagem, mas de branco, cara limpa, civilizada, e pôs a mão na testa de Milena, cujos olhos a ele se dirigiram como quem diz "obrigada".

Afastei-me da cama para dar espaço ao homem, que sequer perguntou quem eu era, nem me cumprimentou. Milena já se levantava e ele passou para as suas mãos uma folha de papel enquanto dizia, didático, num fôlego só, de uma forma que parecia mecânica: "muito descanso e alguns remédios, nada de esforço físico, nada de carregar peso, se tiver algum problema pode ligar a qualquer hora e depois vamos fazer um retorno que você deve marcar com a secretária lá fora".

Paguei a conta num balcão.

Na saída, próximo da porta, vi o rapaz com quem eu conversara na sala de espera; chorava muito. Hesitei, pensei em perguntar se tinha acontecido alguma coisa grave, inesperada (isso evidentemente deve ter acontecido), mas Milena me puxava pelo braço; recuperada, sem dúvida, pensei.

No táxi, o mesmo silêncio enervante, ela pediu que eu orientasse o motorista e deitou sua cabeça no meu ombro esquerdo; não pegou na minha mão, e desviou a sua quando tentei pegá-la. "Quanto é?", perguntei ao chegarmos, e, por coincidência, tinha dado a mesma quantia da ida, o que me espantou, pois o trajeto fora outro, devido às contramãos.

Sustentei Milena pelo braço, ajudei-a a abrir a bolsa, de onde tirou a chave do sobrado. Abriu então a porta e virou-se de supetão para mim, num movimento bastante ágil para alguém na sua situação, ficando depois parada, logo como congelada.

– Não me convida para entrar? – tentei algo.

Eu não sabia se devia ficar contente, ela afinal tinha feito o que desejava, ou se era o caso de abaixar a cabeça e conduzi-la ao quarto em silêncio, quando ela fez se destacar seu dedo indicador direito na minha direção, levando-o ao meu lábio inferior, onde passeou com ele, lentamente, de olhos fechados, num jogo obscuro, durando tudo isso vários segundos, e, palavra por palavra, bem devagar, disse "foi como você queria, não foi? Agora some da minha vida, Serra".

9

Uma semana depois da viagem à Martinica, minutos ali parados na cozinha, é dele o primeiro gesto: pega o saleiro e despeja na palma da mão um punhado de sal.

Os traços do seu rosto – mistura de firmeza e suavidade – convergem sobre a minha sensibilidade inflamada, à flor, que abriga, ferida aberta, todo tipo de interpretação. Posso extrair daqueles traços, então, mensagens mais amplas, como versos, de repente, alados. É assim que sua expressão faz se remoerem em mim zumbidos até então cristalizados, de muitos anos, esforços vãos no cultivo de amizades, a admiração sempre impotente e platônica pelas aventuras. Recupera uma flama infantil, efêmera e enganosa, que, nele, além da imensa barba negra (pura imaginação, pois Jonas se barbeia diariamente), reforça a imagem de um capitão intrépido, um capitão de força ilimitada, cuja segurança na enseada prenuncia, para tranquilidade dos marujos, a bravura que se mostrará no alto-mar.

A voz alternando graves e agudos ordena: devo deixar de lado as hesitações, nada de grande será feito sem algum risco. No meu desencontro, porém – o corpo parece de outra pessoa, mais pesado que eu, inchado, uma armadura incomoda –, estranharia qualquer ordem, fosse ou não, como essa, embalada por um propósito amistoso – assim ele me parecia. Meu atordoamento é o de um ex-soldado em um museu de telas inspiradas nas casernas de exércitos derrotados.

Ele repete a instrução, mais incisivo, quase me forçando o raciocínio com a sua própria mão. Os olhos verde-clorofila emitem um brilho que só pode ser irreal de tão intenso. Quero agradá-lo, dar uma resposta coerente, se possível positiva, seria o natural nessa primeira visita. Mas o desejo esbarra na película nebulosa que envolve os olhos. Afinal, as lágrimas já não estão carregadas de sal?

Respiro fundo, fecho e logo reabro os olhos à frente de Jonas. Ele sorri sem mostrar os dentes; apenas puxa os lábios para os lados e recua o corpo. Aonde quer chegar?

Perdi o controle da situação nessa cozinha miúda mas agradável, que foi sempre um dos raros locais onde me senti único, silêncio sem tempo, traído somente, como se costuma dizer, pelas batidas do coração. Armários de metal e azulejos brancos – tudo fazia dali um campo neutro, onde as desavenças nunca deveriam ter surgido.

Especialista em viradas de cena, Michal respeitava meus gostos no início do nosso casamento. Tilde sujava o chão, por exemplo: corríamos afoitos – ela jornal, eu pano molhado, num exercício harmônico de higiene e preservação. Fato simbólico do esgotamento da nossa relação foi que, aos poucos, só eu continuei a cultuar a limpeza daquele ambiente, mas a intervalos sempre mais longos. Numa equação de proporcionalidade cujas origens detectei parcial e tardiamente, quanto mais aumentava nossa convivência, maior era o tempo que os excrementos de Tilde encontravam para se acumular, ressecados no chão. Como as janelas do apartamento viviam abertas, o cheiro não incomodava. Pensando bem, era por causa disso que as deixávamos abertas – como agora, iluminando Jonas.

Pela janela da cozinha, noto o dia quente; o ar é uma substância densa. "Vou embora, essa atmosfera está insuportável", teria dito Michal, fosse ela a pessoa sentada em frente a mim desde duas horas antes, na cadeira de palhinha, a me escutar com paciência de esquimó.

Pendurado em cordas, um pintor dá a segunda demão na fachada lateral do prédio vizinho. Dois meninos, pouco acima, se agarram a uma grade de alumínio – proteção moderna contra os assassinos e suicidas – com a atenção dirigida para a empregada do meu companheiro de andar, agitada no tanque a lavar roupas num esfregar tão voluptuoso que se ouve de longe. Mostram a língua, mexem com a moça.

Involuntariamente (quem sabe pela força da luz do dia), esboço uma careta e, por um momento, através do teimoso mecanismo alucinatório que me acompanha desde criança, os rostos daqueles meninos se transfiguram: adultos, dois homens com olheiras pronunciadas e braços peludos, olhares violados, fazem gestos obscenos para a lavadeira. Logo, porém, rejuvenescem como num sonho, até ressurgirem pequenos marotos, ainda debruçados no peitoril da janela, mas já outros perfis: eu e Rodolfo com uniformes de ginásio, cabelos lisos e dentes brancos, gestos despreocupados. Nossos sorrisos são o de um velho de memória destruída.

Fecho os olhos com força. A luminosidade do dia sobrevive agora em forma de constelação; entre as estrelas, Rodolfo e eu, lancheiras a tiracolo, corremos escadaria de pedra abaixo para apreciar a cascata de um parque florestal. Há raios de sol aquecendo os degraus, o som selvagem da água. Diversas tonalidades de verde perfumam o deslumbramento. É quando juntos – julgo que no mesmíssimo instante – vemos um animal morto à margem do riozinho formado pela queda da água; já sem pelos, disforme, meio cinza meio marrom, meio porco meio cão. E, juntos, quase engolimos as nossas próprias línguas, segurando-nos um no outro, os olhos arregalados, incapazes de dar um passo. Nossos corpos tremem. Uma dor aguda queima-me o estômago. Rosto contorcido, dou um gemido em busca de ar. Um pássaro pousa ao lado do animal esfacelado e cisca procurando alimento. Olhamo-nos um ao outro – eu e Rodolfo – assustados com nossas expressões entre o asco e o pavor. Sem nenhum sinal de aviso, é a angústia que já se infiltra em nossas pequenas vísceras, instalando-se para sempre, na forma de um de seus infinitos disfarces.

Michal entra, melhor dizendo, irrompe na cozinha, uma pasta verde de elástico nas mãos. O mau humor se desloca do seu corpo para contaminar o ambiente como vapor carregado de eletricidade (incrível a capacidade de certas pessoas, homens ou mulheres, de transformarem seu estado de espírito em partículas que deslocam o ar e só se desmancham depois de afetarem o interlocutor. Estou convencido de que Michal, um desses casos, nasceu para o cinema mudo ou para experiências em laboratórios de física, não para fazer teatro).

Parada, pernas abertas, ora olha para mim, ora para Jonas. Às suas costas, a geladeira começa a roncar. Michal dá-lhe um pontapé que arranha o esmalte da porta. Volta a nos encarar. Percebo seus olhos avermelhados e logo a mudança no cenário onde eu contracenava com meu amigo. Os reflexos dos azulejos perdem intensidade. Mudo minhas feições, como alguém apanhado em "flagrante delito".

Tal como nas peças de teatro, Michal abre violentamente a pasta verde, vira-a de cabeça para baixo, e uma papelada se espalha pelo chão. Jonas acaricia os suspensórios. Na certa preferiria recolher tudo a enfrentar os soluços de minha mulher,

eu imagino. Mas ela torna isso impossível. A voz embargada, emite grunhidos, rodopia pela cozinha, pisoteia os papéis.
— Aí está o resultado de anos de trabalho. Nada, só folhas voando.

Não fico chocado, como Jonas parece estar, com essa presença vulcânica onde até há pouco reinava uma calmaria plena, mas alerto:
— Cuidado, vão ficar engorduradas. Não lavei o chão desde o fim de semana.

Michal tira água do filtro, as mãos trêmulas.
— Bela droga! Pode usar tudo isso para limpar o chão, agora mesmo. Não servem para nada. É o terceiro que dá para trás. Eles jogam confetes e doces nas mãos da gente, como se fôssemos crianças, e depois dão um pé na bunda. É sempre assim. Para mim chega!
— Nem sempre é assim... — eu disse isso por dizer, como quem tenta reduzir a temperatura de uma sauna jogando um copo de água no chão, embora na ocasião acreditasse que, de fato, não é assim sempre.

Jonas apanha fósforos no fogão e acende um cigarro, oferecendo a Michal. Ela recusa (sempre recusou ofertas gratuitas). Aceito eu o cigarro, para não deixar meu amigo embaraçado dentro da minha própria cozinha, mas, não querendo também fumar, levanto-me para buscar água no filtro. Depois de beber um copo, em três goles enormes, como sempre, apago o cigarro jogando-o na pia, onde aproveito e pego uma esponja de aço para limpar a porta arranhada da geladeira. Abro em seguida o congelador, retiro uma forma de gelo e volto à pia.
— Vou comprar umas coisas no supermercado. Não demoro. O calor está insuportável. Não esqueça de abrir também as janelas da sala, Lib — (era o meu apelido). Michal deixa a cozi-

nha tão repentinamente como entrara. Um estrondo marca a passagem pela porta da sala; outro menos paralisante sinaliza o ingresso no elevador.

Coloco a forma de gelo sob o jato de água da torneira, retiro um cubo e passo pela testa, de cima para baixo e de baixo para cima, vagarosamente, como máquina de costura antiga em filmagem de câmera lenta. Sei que Jonas me observa nessa operação de mais de um minuto. Jogo o gelo num copo e retorno à minha cadeira de palhinha, aliviado. A pasta verde e os papéis no chão, continuo sentado. Outra vez de olhos fechados, ouço-o recolher tudo e depois voltar à mesa, para me dizer "você dois parecem ser do mesmo polo".

Fito meu amigo mais uma vez como quem pede socorro. Sua mão direita busca migalhas de pão sobre a toalha. Uma gota de suor lhe escorre na testa. Seus olhos, arregalados como os de Rodolfo pouco antes nos meus pensamentos, perguntam "e então, Lib?".

10

Rodolfo levou meia hora para me atender. Pediu desculpas, "estava concluindo uma reunião telefônica sobre o boletim da Fundação", do qual era o encarregado. Bebi num copinho de plástico um gole de café requentado e fui direto ao assunto.

– Rodolfo, eu preciso deixar a Fundação, quer dizer, para ser mais claro com você, eu vou deixar a Fundação.

Ele me deu a impressão de estar surpreso, chocado, intrigado, dizendo "você está brincando...", e me pareceu espontâneo aquele desarranjo. Levantou-se da cadeira e gritou da porta da sala para fora:

– Ângela, não estou para ninguém – ele instruiu assim a secretária e fechou a porta, ajeitando em seguida os óculos com a mão esquerda. Novamente sentado, empurrou para trás com o corpo enorme a cadeira de couro preto e, enquanto dobrava a perna direita sobre a esquerda, buscando uma posição confortável de executivo, fez um gesto com a mão a expressar uma indagação que me ressoou "como assim? Explique-se".

Pensei que talvez eu não lhe devesse explicação alguma, sequer satisfação, mas, mesmo assim, contei-lhe dos planos do bar-teatro. Éramos conhecidos de tantos anos, e ele sabia que cedo ou tarde o meu gosto pelo teatro iria nos afastar, embora eu agora soubesse que a causa do distanciamento definitivo era outra: aquela paranoia nociva (se é que existe paranoia sem ser nociva) que ele não conseguira abafar depois da reunião sobre redução de despesas na Fundação, dias antes do meu embarque para a Martinica.

– Você não pode esperar um pouco, pensar melhor? Temos muitos planos. O governo vai mudar, as coisas vão melhorar, haverá mais verbas, e eu contava com você. Afinal, somos amigos e... talvez eu tenha surpresas para contar.

Ele arrastava o falar, às turras com as próprias palavras, olhar escapulindo, um pouco vidrado; não completava frase alguma. Interrompia-se para me ver soltar baforadas de fumaça; ausentava-se, era de repente outro corpo, cheio de perfurações na pele, perfurações que cheguei a invejar como sinal de maturidade na infância mas que, agora, pareciam repugnantes.

– Você não confia mais em mim, Rodolfo. Deixa de ser hipócrita! E isso basta – eu não sabia de onde tinha extraído a coragem para lançar uma sentença tão explosiva, direta, que ele certamente não esperava. – Não somos mais amigos, e isso faz muito tempo.

Rodolfo acendeu um cigarro e me ofereceu outro. A sala se encheu logo de fumaça; o ar-condicionado estava desligado.

– Sou seu amigo, Lib. Além disso, você é um dos melhores pesquisadores daqui. O que está falando? – era uma voz artificial, uma impostura mal dissimulada.

Eu já sabia, então, que todo elogio a uma pessoa será sempre descontado, cedo ou tarde, na forma de um xingamento contra essa mesma pessoa, e pela mesma pessoa que a elogiou antes. Não havia em mim, ao menos não deveria haver, qualquer ilusão a respeito desse equilíbrio inerente às relações de trabalho, queiram ou não os lados envolvidos. Por essa razão, fiquei irritado com a tristeza que me perturbava os olhos, junto com a fumaça dos cigarros. Era capaz de chorar ali, fulo e angustiado, apressado, confuso diante de um rosto tão familiar cujos movimentos, porém, não reconhecia mais. Meus olhos marejados, como se diz, uma dor completa. E quanto mais esse impasse se impregnava em mim, quanto mais me doía o seu cinismo, mais Rodolfo ficava encoberto por uma máscara, sombra crescente, carapaça por trás da qual eu não conseguia enxergar, absolutamente. Aquela insustentável troca de olhares, nós sabíamos, era o fim.

Esmaguei o cigarro no cinzeiro sobre a mesa do meu chefe, soltando para o alto a última baforada (eu pensara em dirigir a fumaça para o seu rosto, mas falhou-me a coragem), e levantei-me da cadeira devagar – eu estava decidido, assim me sentia. Da porta, segurando a pasta de couro com as duas mãos – afinal, que mais poderia fazer com elas naquela situação? –, eu disse, olhando o carpete cor de vinho, olhos embaçados, "some da minha vida, Rodolfo".

11

"Estalo Bar-Teatro". Jonas tinha predileção por palavras que começam com "Es" para dar nome aos seus empreendimentos. Superstição, dera sempre sorte – o argumento era esse, simples assim. E como eu não tinha encontrado algo melhor, acabei aceitando e, depois, convencido de que era um bom nome, passei a elogiá-lo.

Começamos então a procurar um galpão para alugar, era o espaço ideal para o que ele estava querendo, ou melhor, para o que nós estávamos querendo.

Nesses dias iniciais da empreitada, Jonas parecia particularmente bem-humorado e chegou a me fazer passar por um teste ridículo, que ele, no entanto, considerava essencial para a "homogeneidade de pontos de vista entre os futuros sócios".

O teste do menu: à minha frente, duas listas de nomes de pratos:

Lista 1
Contrafilé à Médicis
Suprême de frango
Escalope ao molho madeira
Lagarto à Trianon
Peru à Califórnia

Lista 2
Picadão bovino
Cupim assado
Bife à pizzaiolo
Iscas de fígado
Sardinha no fubá

A pergunta era: qual lista comporá parte do menu do "Estalo"?

A lista l, respondi de pronto, tão óbvia a distinção de termos e de públicos proposta pelas duas alternativas; ao que Jonas replicou:

– Engano, meu caro. É a lista 2.

Sua estratégia para o "Estalo" era tentar uma miscigenação exótica de frequentadores, dividindo-os por baias e andares diversos, balcões, com preços de um extremo ao outro. Fiquei surpreso com isso, economicamente parecia uma aberração, mas achei, assim ele me convenceu, que valia a pena experimentar.

Jonas sugeriu que eu pedisse a um cenógrafo conhecido meu que fizesse o projeto para o palco, enquanto ele se encarregava do resto. Considerei também muito boa a ideia. Mais uma vez por proposta de meu amigo, comecei a estudar com Michal alguns esquetes e peças de um ato, variando gêneros. Selecionamos dois musicais para produzir, mas Jonas descartou a ideia. "Temos de fazer uma coisa radical: é teatro puro, diálogo, texto, teatro! Nem *speak up* de americano vale, nada disso, nem show de piadas. Temos que evitar qualquer gotícula de confusão." Não foi difícil nos convencer mais uma vez. Ele tinha razão, porque, afinal, nessa radicalidade estava a única chance de o negócio ser original e bem-sucedido.

Para a decoração, foi contratado um profissional que apareceu com quarenta minutos de atraso na primeira reunião. Eu já esperava isso, mas Jonas insistira para que o encontro fosse em um parque, ao ar livre. O decorador aproximou-se a pé, com sua echarpe de seda e uma calça de veludo cotelê bastante justa, os cabelos alinhados por muita brilhantina, ou, mais precisamente, gel. Sentamo-nos em torno de uma mesa de cimento.

Jonas nos ofereceu cigarros. Aceitei – a essa altura eu já não me permitia recusar nada que proviesse dele – enquanto o decorador rejeitava, pigarreando, com um "acabei de fumar, meu querido". Deve ser gay, eu especulava, não por preconceito, que abomino, mas um pouco pelo hábito de interpretar vestimentas características – o que pode enganar, é claro –, um pouco pela estatística da profissão de decorador – o que, por ser empírico, também pode enganar e serve até para diretores, atores ou dramaturgos –, mais do que tudo, porém, pelo modo com que Jonas o tratava, manhosamente, como quem diz "olha, eu te conheço bem, sei suas maneiras e manias, por isso posso ter controle sobre você"; prognóstico que logo se confirmou quando meu amigo tirou do bolso da calça larga uma pequena caixa com um anel dentro e colocou-a sobre a mesa, sendo o anel instantaneamente devorado pelos olhos do decorador.

O essencial do projeto do "Estalo" foi exposto então por Jonas, resumidamente. Ele tem uma capacidade de síntese excelente, eu pensava. E, de fato, sua oratória e seus argumentos me encantavam cada dia mais. Na minha vez de falar, disse achar importante a unidade na decoração, que tudo combinasse, de alto a baixo, de lado a lado, o ideal, o mais harmônico, seria usarmos apenas uma cor, no máximo duas, como um tabuleiro, embora não soubesse – e disse isso também – qual ou quais seriam as cores mais adequadas.

O decorador me escutou com atenção profissional, o que me entusiasmava, mas Jonas interrompeu minha ideia dizendo que, embora ali estivesse o germe de uma solução, não poderia ser essa a saída para o seu – ou melhor, o nosso – bar-teatro.

– Não podemos esquecer que o menu vai ser diferenciado, por alas e baias. A decoração também tem de ser assim, pela coerência.

Mais uma vez a razão estava com ele, percebi depressa, "é claro, é preciso ser coerente", eu me corrigi. Jonas propôs um ambiente que combinasse vime e tecidos grossos, e outro apenas com madeiras, as mais variadas, escolhidas pelo decorador, desde que fossem escuras. Em seguida, o decorador deu um suspiro, olhou em torno da mesa, para as árvores, o lago, um punhado de passarinhos que tilintavam por ali, e disse "poxa, como é bonita a natureza". Meu amigo sabe mesmo o que faz, pensei então, embevecido pela imagem daquela futura decoração, digamos, bipolar.

Os dias se passavam, como não poderia deixar de ser, e minha admiração não confessa por Jonas se ampliava velozmente, para outros setores, outros ambientes, como – e isso ocorreu várias vezes – ao acompanhá-lo na inauguração de um magazine, onde ele, sempre loquaz, conquistou facilmente uma dúzia de novos admiradores e admiradoras em apenas vinte minutos de conversa; ou na hora de comprar um objeto para sua casa, o novo aparelho telefônico, por exemplo, ocasião em que meu amigo – meu ex-amigo – demonstrou um gosto refinado, como se diz, assim me pareceu então, gosto superior ao meu, até simplesmente por saber realizar-se, no concreto.

Para minha perdição – não vejo palavra mais adequada –, Jonas era, acima de tudo, um sedutor. Pois foi aí mesmo, episódio após episódio, numa espécie de vertigem arrebatadora, foi aí, penso hoje, que me perdi, embora não tenha conseguido até aqui – ainda espero poder fazê-lo – explicar por quê. O resto, como se verá, seriam apenas consequências.

Tamanho era o entusiasmo, que nem mesmo a decisão do produtor da peça que eu estava dirigindo, de cancelar as apresentações por absoluta falta de público, conseguiu quebrá-lo. Na reunião que Jonas e eu fizemos, duas semanas depois, com uma agência de comunicações, para dar um outro exemplo, cheguei a aplaudir uma das ideias produzidas por ele para o logotipo: uma mão de seis dedos, cada um na forma de uma letra, desenhado assim, de maneira quase ininteligível, surrealista, o nome do bar-teatro.

Jonas pediu também que eu redigisse uma nota à imprensa, que deveria servir de base para a divulgação da festa de inauguração. Esse pedido – ou ordem? – me deixou orgulhoso, lembro-me bem. O texto final, claro, deveria ser feito pela agência. Escrevi em menos de meia hora – a intenção era resolvermos tudo o mais rapidamente possível –, ele leu em voz alta, disse que tinha gostado muito, fez mesmo elogios, para depois emendar algumas partes e lançar sugestões, mudanças pequenas aqui e ali. O resultado não tinha nada a ver com o que eu havia escrito, penso hoje, mas mesmo assim achei que ficou muito melhor, Jonas tinha acertado de novo, estava de fato muito bom, mais contundente, e ficou decidido que aquilo seria o próprio texto final, por imposição do meu amigo. Saí satisfeito da reunião com a agência. Afinal, minha carta de divulgação tinha sido aprovada, mesmo com muitas alterações, assim eu sentia. Natural, pensava, pois Jonas é uma fábrica especializada em ideias originais.

Isso era uma novidade para mim: sentir-me ativo, encaixado num esquema de futuro garantido, ao lado de alguém que sabe o que quer – e quer muito. Naqueles momentos, portanto, quem melhor do que eu para executar as obras que Jonas planejava, isto é, que nós planejávamos?

12

"Lib, ideia genial: Por que não instalarmos mesas para jogo num dos cantos do Estalo? J."

Meu peito congelou e depois ficou trêmulo quando li, num início de tarde, esse bilhete de Jonas, deixado sobre minha mesa no "Espaço", cujo pequeno escritório era usado como sede na preparação do bar-teatro. Do jeito como fora escrito, deduzi de imediato, aquilo só poderia ser um recado indireto, grosseiramente subliminar, não apenas uma proposta a ser estudada para o projeto, como tantas outras. Era o sinal, portanto, da iminente derrocada.

Olhei automaticamente o chão de carpete como se procurasse algo, um clips enterrado entre as fibras, um percevejo de repente caindo, ou como se estivesse procurando a mira mesmo, perdido, naquele escritório, por debaixo das cadeiras. Revirava o meu corpo sem controle, como se ele quisesse escapar de uma carapuça invisível, como um inseto se mexe todo, durante segundos, apesar de morto. A mão direita sentia a tremedeira da testa, querendo me arrepiar os sentidos. Por um instante, meu olhar fixou-se no espaldar da poltrona gigante de Jonas, onde descansava, pendente, um de seus inúmeros pares de suspensórios.

Perguntei por ele a todos os seus auxiliares no "Espaço", mas nenhum soube dizer onde encontrá-lo àquela hora.

Voltei para casa. Sabia que Michal estaria lá; um técnico marcara hora para consertar a geladeira. Ainda na porta do apartamento, mostrei-lhe o bilhete-recado de Jonas.

– Acho isso uma ótima ideia – Michal não emitiu simplesmente essas palavras, mas sim cuspiu-as em direção a mim, com uma teatralidade que me assustou.

– Como ele soube que eu era fanático por jogo? – perguntei olhando um excremento de Tilde no chão da cozinha, a voz baixa, quase sem força, sequer esperando uma resposta da minha mulher.

O interfone tocou, era o técnico da geladeira, e Michal disse "pode deixar subir". Uniforme azul e o rosto sujo por uma barba irregular, o técnico entrou com suas ferramentas velhas e tomou conta da minha cozinha branca. Tilde o ameaçou com latidos fortes, mas ficou nisso, como sempre, preferindo cair no meu colo – eu, que me sentara no sofá com o corpo pesado e o olhar fixo na parede em frente.

Michal deu as orientações ao técnico e ligou a televisão. Eu acariciava Tilde e não tive mais dúvidas: Jonas e minha mulher se encontravam sem que eu soubesse. Que outro meio teria o meu amigo de saber do meu passado de jogo, aquele período azedo, que sugara o presente, que me envelhecera precocemente, noites a fio? Além do mais, Jonas, autor sempre das melhores propostas, não fazia nada por acaso, razão pela qual tive mesmo certeza, sentado no sofá, de que a minha suspeita estava correta: aquilo amassado no meu bolso não era um bilhete simples e sim, mais do que claramente, um recado, um aviso e, até, um apelo, como quem diz "amigo, estou saindo com a sua mulher, desculpe-me por isso, essas coisas do coração você sabe como são, e vamos em frente no nosso glorioso projeto do bar-teatro". Óbvia demais, talvez até mesmo generosa da parte de Jonas, essa iniciativa inteligente, como tantas outras. Apertei mais que o normal o pescoço de Tilde. Não era bem um carinho. Não tinha outra saída, pelo menos enquanto o técnico da geladeira ainda estivesse em casa.

O serviço durou perto de vinte minutos, paguei o que o técnico pediu e o despachei às pressas. De volta à sala, desliguei a televisão e, lentamente, caminhei até Michal, sentada no sofá com os olhos interrogativos – não só interrogativos, estavam também com medo, essa foi a impressão que me transmitiram. Mas ela nem sequer deixou que eu falasse alguma coisa.

– Eu disse a ele que você sempre jogou bridge.

– E por quê? Você sabe que isso é um segredo meu – pensei em avançar sobre ela.

– Qual é o problema? Não é crime nenhum...

– É pior que um crime. É uma coisa que eu quero esquecer para sempre, você sabe disso, porque me fez mal, muito mal, me envelheceu, me corroeu, exigiam de mim um modo de agir que me angustiava diariamente.

– Você ia lá porque queria...

– Já conversamos sobre isso, não?

– Esquece. Não foi por mal – ela se levantou do sofá e foi à cozinha pegar água no filtro.

Fui atrás, enquanto Tilde se emaranhava no cesto de roupas sujas na área de serviço. Minha dificuldade era expor a Michal a preocupação principal. Mas, novamente ela poupou tempo e me pegou de surpresa:

– Você na verdade quer saber é se eu estou saindo com o Jonas, não é? Pois sim, estou.

Saiu-me muito ar pelo nariz, minha erosão interna se exibindo barulhenta, de forma concentrada; reflexo da descompostura, esfreguei as mãos por todo o rosto, apertei as têmporas entre as palmas, de olhos fechados.

Preciso me livrar dessa ansiedade corrosiva, jogar fora, ao fogo, esse balão que cresce sem parar desde o estômago, esmagando-me o peito, procurando uma saída, como o balão que cresceu dentro mim naquele teatro de um colégio tradicional no trato dos costumes, anos atrás, logo, agora, de novo, pressionando as têmporas. De onde vêm, essa lágrima gigante, essa febre que me faz espremer a testa sem, no entanto, qualquer resultado? A quem pedir ajuda nessa hora? Aos álbuns de fotografia da infância? Ilusão – eu também tentava raciocinar, apesar de tudo. Esses gemidos que exaurem, o que são? O rosto, pedaço de corpo caído emitindo um ar aquecido, como após uma corrida de cinco quilômetros, de onde isso vem? Tentativa involuntária de me enxergar por dentro, ou medo de fazê-lo? Meus limites tão estreitos, não admito que eles possam existir? Quem, afinal, incutiu-me essa angústia? Como? Quando? Não sei o que são essas lágrimas que agora me procuram pelo lado de fora, uma coroa cercando a cabeça, a que vêm? Naufrágio prenunciado? Enxugo-as com a mão. Não sei o que são. Desisto de procurar sabê-lo.

Michal abaixou a cabeça e ficou olhando o copo que trazia na mão esquerda, acompanhando sua borda com o indicador da direita.

Fui triste a vida inteira, eu pensava, em frente à pia da cozinha. Como foi possível chegar a esta conclusão apenas agora? Ou era, antes, a ação, a alegria possível porque paramentada por uma força maior? Talvez seja isso, talvez precise agora restaurar a via desses parâmetros, ou de outros, parâmetros de todo modo. Tê-los, reerguidos. Com a diferença de que, hoje, eu é que devo proclamar sua instituição, não é? Inventá-los. Que outra força poderia fazê-lo no meu lugar? É a isso que chamam maturidade?

Devem ter durado poucos minutos esses longos e caóticos estrebuchamentos, essa bateria de questões desordenadas, até que abri a geladeira e o freezer, mais uma vez retirando a forma de gelo. Lentamente, esfreguei um cubo na testa, enquanto escutava Michal, já na sala, dizendo "Serra, vamos acabar com tudo, por favor, sem lágrimas".

13

Só me dei conta de estar utilizando o banheiro feminino quando, ao lavar as mãos, vi atrás de mim, através do espelho, o pequeno cartaz dizendo "É proibido tomar a iniciativa de abordar os homens. As mulheres desta casa têm que aguardar e só sentar se forem chamadas. A gerência". Sequei rapidamente as mãos e, ao deixar o banheiro, percebi o olhar furioso do *maître*, alojado num canto, ao lado do garçom Américo.

Apesar do desnorteio – como explicar senão por ele o fato de não perceber logo que tinha entrado no toalete errado? –, aquela fúria me foi indiferente. Vagaroso, mas com um impulso que, como senti, era uma determinação, atravessei o hall da boate e passei pelo balcão sem pedir nada. Vi Sônia, uma cruz ao pescoço, sentada com duas colegas e três homens de gravata, bastante à vontade, rindo e bebendo, e avancei pelo corredor.

Na mesa poucos meses antes ocupada pelo grupo de médicos, um grupo de rapazes entusiasmados e cabeludos parecia recitar poemas, o que era de fato estranho naquele ambiente. Nenhuma mulher cruzou o meu caminho. O ar violáceo em torno do palco me forçou a procurar uma concentração ainda maior.

Como havia previsto, Jonas estava lá, no lugar de sempre, acariciando os suspensórios.

Notei os mesmos seguranças, numa mesa próxima, braços enormes apalpando copos, os olhos profissionalmente voltados para o palco e para todos os lados ao mesmo tempo. Evitei ser visto por eles e por Jonas, atitude que o garçom Américo e o *maître* devem ter estranhado, ainda mais do que o meu erro inicial do toalete.

Olhei à volta e optei por me sentar a uma mesa pequena, encostada na parede, atrás de Jonas, de modo que ele só poderia me ver se fosse alertado por alguém, e ainda assim, fazendo um esforço físico especial. Pedi vodca e recebi, junto, um pote de vidro com pipocas.

Não estava sabendo como agir – acendi um cigarro –, embora tivesse certeza de que, nessa noite, não sairia dali sem alguma espécie de satisfação.

De repente, um homem corpulento à minha frente. Mesmo sentado, ele parecia, agora, ameaçador. Na obscuridade do salão, o som indefinido como anéis me pressionando a cabeça, tentei, como se diz, reunir forças; olhando-o por cima, emprestando uma pose, a um metro de distância, esforçando-me para abstrair o medo, eu quis avançar.

Na hora não pensei assim, mas vejo agora como minhas ações eram truncadas. Sei, por exemplo, que em *Crime e castigo*, o herói assassino, Raskolnikov, gozava de "plenas faculdades intelectuais" quando matou a velha que lhe emprestava dinheiro a juros. Não sei se por ter uma meta límpida, objetiva, ele conquistou ali uma frieza extraordinária para descer duas machadadas no crânio da velha senhora. Mas lembro também que Raskolnikov já não alcançou as mesmas "faculdades" quando, em seguida, viu-se obrigado a matar também a irmã da morta, crime que, ao contrário do primeiro, não havia premeditado. Sinto que o meu problema era não me situar em nenhum desses dois extremos: se me dirigi à boate, não foi convicto de que iria matar Jonas; fui simplesmente como reflexo, resposta física ao meu próprio desespero, ao desamparo, sem descartar evidentemente a morte, como qualquer outra consequência, ou inconsequência, por que não? Da mesma maneira, ali, ainda a obscuridade do salão, tampouco obtinham sucesso os meus esforços para dar chance a um instinto assassino ou qualquer impulso semelhante que eu aprisionava.

Jonas franziu as sobrancelhas como quem pergunta "o que aconteceu?", mas não se levantou. Fez apenas um sinal para que eu me sentasse, enquanto a outra mão, com um pequeno estalo, chamava o garçom Américo.

– Vodca para o nosso amigo – ordenou Jonas, com uma entonação que, então, me pareceu vulgar, julgamento que, no entanto, não me segurou de pé. Sentei-me.

"Você está suado", ele disse me oferecendo um guardanapo. Américo trouxe vodca e pipoca. Pedi um copo com gelo. Jonas acariciava os suspensórios, para cima e para baixo.

Que mecanismo estúpido me trava os movimentos?, eu me perguntava passando um cubo de gelo na testa, lentamente. Afinal, não dei, eu mesmo, uma surra descomunal naquele diretor de teatro de Michal apenas poucos anos atrás? Ou não teria sido eu? Por que não encontro hoje a mesma vontade para reagir?

Meu freio não era o temor, descubro agora. A apatia que me atava à cadeira como cinto de segurança só podia ter outra origem: nada mais valia a pena. Brigar por Michal? Pelo bar-teatro, esse sonho imposto, enganoso? Minha vontade – e eis a raiz – estava arruinada, não encontro palavra mais precisa;

ninguém havia, e nada havia, para reestruturá-la. Morto, eu pensava, sou um homem morto.

E foi me xingando que levantei de repente a gritar "estou morto", atirando-me na direção de Jonas. "Queria te matar agora, seu filho da puta, mas não tenho coragem para me dar força", não sei se disse ou se apenas pensei isso, e joguei o copo de vodca no chão, com raiva de mim mesmo, encarei os estilhaços sobre o carpete vagabundo, repetindo-se, em seguida, a cena de dois enormes seguranças agarrando-me pelos braços e um garçom por trás deles, mais enfadado que afoito.

Gritos de homens e mulheres me dificultam o pensamento; agora me espancam, eu pressenti. Jonas, ao contrário da primeira vez, não acionou o gongo.

Os brutamontes me jogaram na calçada, onde alguns motoristas de táxi conversavam, à espera de passageiros, e uma barraca trazia a faixa "frutas do dia" em plena madrugada. Entrei num dos carros dizendo "tenho dinheiro, o problema lá dentro foi outro, me leva pra casa".

No trajeto, o medo passou a ser de que o motorista perguntasse alguma coisa; eu não saberia o que dizer. Mas ele nada perguntou, tamanha a visibilidade do meu derrame, o pane psicológico.

No elevador, mais uma vez o espelho e meus olhos água de mar, o rosto de uma palidez assombrosa. Michal não estava em casa; apenas Tilde comendo na cozinha. Fui até o quarto e vi o guarda-roupa de minha mulher vazio. Na pia do banheiro, nenhum sinal de seus cremes nem a escova de dente. Pensei em telefonar para Milena, poderia ser uma saída. Mas o gesto foi outro: correr até a área de serviço e buscar, apressadamente, como alguém já fora de controle, a coleira da minha cadela, larga e resistente. Parece-se com os suspensórios de Jonas, eu pensei. Chamei um táxi pelo telefone enquanto ajustava a coleira e sua corrente no pescoço de Tilde, para depois arrastá-la até a sala, ela que resistia sonolenta. No elevador, evitei o espelho, sentei-me ao lado de Tilde, sua garganta latejante sobre a minha coxa esquerda, até o térreo.

Pedi ao motorista que nos deixasse na esquina. Os taxistas e os seguranças vão impedir meu desembarque se chegar de carro diretamente à boate, pensei, antes de dar a orientação. Paguei a corrida e logo passei a descrever Jonas para Tilde, tentando incitá-la: "quando eu gritar pega, pega, você avança em cima dele, ok?". Eu dava a ela as instruções mais claras, detalhadamente. Numa banca de jornais e revistas, pedi papel e lápis emprestados, para desenhar a forma monstruosa do meu ex-amigo, com traços grossos e simples, pensando facilitar o entendimento para Tilde; nós dois a postos.

Eram mais de duas horas da manhã quando Jonas surgiu na porta da boate, sozinho. Saiu e veio caminhando justamente na nossa direção, como um animal disposto a cair numa armadilha. Só então notei que o seu carro estava estacionado exatamente ao nosso lado, razão pela qual andei mais para a direita, puxando Tilde com toda a força, nós dois logo então atrás de uma árvore, a cadela, assustada, de novo sobre as minhas pernas, arfando, aquecendo-as.

Jonas aparentava cansaço. Depois de esfregar os olhos, tirou do bolso da calça um molho de chaves, aproximou-se do carro, abriu a porta e entrou, seu corpo espaçoso, seus suspensórios, seus olhos verde-clorofila agora bem abertos, retos, o conjunto fazendo a base do carro se aproximar mais do asfalto. Abriu a janela e eu pude ouvir que tinha ligado o toca-fitas; a maldita *Cavalleria Rusticana*. Deu a partida e se foi.

Sem ter gritado "pega, pega", saí de trás da árvore, coloquei minha cadela no chão. Tilde e eu – a cabeça explodindo de anos – caminhamos nessa madrugada ininterruptamente, lentamente, até o amanhecer.

Este livro foi impresso na Editora JPA Ltda.
Av. Brasil, 10.600 – Rio de Janeiro – RJ,
para a Editora Rocco Ltda.